Lavallée

ANNIBAL,

TRAGÉDIE EN VERS ET EN CINQ ACTES;

PAR M. LE CHEVALIER DE FONVIELLE,

AUTEUR DE LA TRAGÉDIE DE LOUIS XVI OU L'ÉCOLE DES PEUPLES, DE LA TRAGÉDIE DE DIOMÉDON OU LE POUVOIR DES LOIS, DE LA TRAGÉDIE DE THÉODEBERT OU LA RÉGENCE DE BRUNEHAUT, ET ÉDITEUR DU MERCURE ROYAL, FAISANT SUITE AU PARACHUTE MONARCHIQUE.

Voulez-vous assurer la paix de l'univers,
Seigneur? marchez à Rome, et Rome est dans les fers.
(*Acte V, scène dernière.*)

PRIX : 3 fr. 50 c

A PARIS,

CHEZ L'AUTEUR, RUE SAINT-HONORÉ, N°. 290;
LENORMANT, LIBRAIRE, RUE DE SEINE, N°. 8;
PONTHIEU, PÉLICIER, DELAUNAY, LIBRAIRES AU PALAIS-ROYAL.

ŒUVRES

DRAMATIQUES

DE M. LE CHEV^R. DE FONVIELLE.

DE L'IMPRIMERIE D'ANTHe. BOUCHER, SUCCESSEUR DE L. G. MICHAUD,
Rue des Bons-Enfants, No. 34.

ŒUVRES
DRAMATIQUES
DE M. LE CHEV^R^. DE FONVIELLE,

OU

RECUEIL DE PIÈCES
REFUSÉES AUX DIVERS THÉATRES DE PARIS.

TOME PREMIER.

A PARIS,

CHEZ L'AUTEUR, RUE ST.-HONORÉ, No. 290;

ET CHEZ { LE NORMANT, LIBRAIRE, RUE DE SEINE, No. 8; DELAUNAY, PÉLICIER, PONTHIEU, LIBRAIRES AU PALAIS-ROYAL.

JUIN 1821.

ANNIBAL,

TRAGÉDIE EN CINQ ACTES ET EN VERS;

DÉDIÉE, EN 1794,

A S. A. S. Mgr. LE PRINCE DE CONDÉ,

COMMANDANT L'ARMÉE ROYALE, EN ALLEMAGNE;

PAR M. LE CHEVALIER DE FONVIELLE.

Chacun a sa manière de voir; la mienne, que peu de personnes peut-être voudraient partager avec moi, c'est qu'il y a plus d'analogie entre Rome et l'Angleterre qu'entre Rome et la France. Dès ma jeunesse, je m'intéressai à Annibal, je l'aimai comme un compatriote. La haine que je porte aux Anglais n'est que la suite de celle que je portai de tout temps aux Romains.

(*Résultats possibles du* 18 *brumaire an* VIII, note de la page 36.)

Voulez-vous assurer la paix de l'univers?
Seigneur, marchez à Rome, et Rome est dans les fers.

(ANNIBAL, acte V, scène dernière.)

AN 1806.

ÉPITRE DÉDICATOIRE

A SON ALTESSE SÉRÉNISSIME MONSEIGNEUR

LE PRINCE DE CONDÉ,

COMMANDANT L'ARMÉE ROYALE, EN ALLEMAGNE.

MONSEIGNEUR,

La moderne Rome est à Paris (1) : c'est là qu'un moderne Annibal, suscité par la Providence pour le salut du monde, frappera au cœur cette puissance monstrueuse qui, menaçant à-la-fois tous les autels et tous les trônes, n'a pas rougi d'organiser en bandes régicides d'infâmes assassins, qui se sont abreuvés avec elle du sang du plus juste et du meilleur des rois.

L'horreur des forfaits inouïs qui déshonoreront à jamais l'affreuse époque où la France, courbée sous la terreur la plus humiliante, a vu fuir de son sein, ou périr par milliers ses enfants les plus chers et les plus dignes d'elle, m'a inspiré ce poëme, que j'ai pris la liberté d'adresser à Votre Altesse Sérénissime, en la suppliant de permettre que je lui en fasse publiquement l'hommage.

Il ne manque rien à ma satisfaction, Monseigneur, puisque Votre Altesse Sérénissime, touchée de ce qu'elle veut bien appeler *mes bons sentiments*, et de ma profonde vénération pour Elle, a daigné répondre à ce vœu de mon cœur, en m'accordant cet honorable encouragement, et confirmer ainsi l'honorable témoignage rendu à ma fidélité, par Son Altesse Royale Monseigneur le Régent de France (2).

Puisse l'Europe coalisée ne pas se faire illusion sur la nature d'une révolution, contre laquelle votre main généreuse a levé l'é-

---

(1) Voyez les notes à la fin du poëme.

tendard, et seconder avec un sage désintéressement les nobles efforts d'un prince, par qui s'illustre encore une race adorée, de tout temps féconde en héros!

L'honneur français, banni de sa terre natale, a trouvé un asile sous les drapeaux de Votre Altesse Sérénissime. Son triomphe est certain, si de fausses idées n'égarent pas les conseils des princes, et ne les frappent pas du déplorable aveuglement qui empêcha Antiochus de s'abandonner aux sublimes inspirations d'Annibal.

L'analogie qui existe entre la situation du roi de Syrie, armé pour opposer une digue au torrent qui devait dévaster le monde, et entre celle de l'Europe, à laquelle l'héritier des Condé a tracé la seule route à suivre pour sa gloire et pour son salut, est peut-être, si j'ai su la saisir, l'unique mérite de mon ouvrage (3). Mais c'est assez pour moi, et mes efforts sont payés au-delà de mes espérances, puisque j'en suis récompensé par le suffrage de Votre Altesse Sérénissime. Je la supplie de croire que ses bontés ont pénétré mon cœur de la plus vive et de la plus inviolable reconnaissance.

Je suis avec respect,

De Votre Altesse Sérénissime,

Monseigneur,

Le très humble et très obéissant serviteur,

Le Chevalier DE FONVIELLE.

Vérone, 26 juillet 1794.

ANALYSE

DE LA TRAGÉDIE D'ANNIBAL.

ACTE PREMIER.

SCÈNE PREMIÈRE. — Acilie, prisonnière au pouvoir du roi de Syrie, s'afflige, avec Sabine, de l'expiration de la trève, et blâme l'ambition des Romains. Sabine s'étonne d'un tel murmure, et plus encore de l'aveu que lui fait Acilie de son amour pour Annibal : mais Acilie n'est éprise que de la gloire de son héros; rien ne pourra lui faire oublier ses devoirs comme Romaine, et, fille d'un consul, son unique vœu est de voir Annibal abjurer sa haine contre Rome, et Rome, à son tour, offrir à ce guerrier, banni de sa patrie, un asile et des honneurs dignes de lui. Elle lui a fait demander un entretien, et elle se flatte de lui faire approuver ce dessein.

SCÈNE II. — Antiochus, prêt à recommencer la guerre qui lui a livré Acilie, exprime ses vœux pour la paix. Il reproche à sa prisonnière sa constance à dédaigner l'amour dont il brûle pour elle; mais il ose espérer, qu'à la voix d'un père, elle l'acceptera pour époux. A ce prix, il consent à traiter avec Rome. Il attend Acilius, et croit pouvoir se flatter que ce jour rendra le repos à la terre. Acilie garde son secret, déclare que son père ne peut disposer de son cœur, et se retire laissant Antiochus sans espérance.

Scène III. — Antiochus ne respire plus que la guerre; il se demande quel est son rival, et attend Acilius avec impatience.

Scène IV. — Annibal vient témoigner au roi, son allié, son étonnement de ce que, au moment de combattre, il appelle en son camp le consul romain. Antiochus avoue qu'il a souhaité la paix, et qu'il prétend offrir au consul de devenir son gendre, si Rome préfère son alliance à son inimitié. Indigné d'un tel dessein, Annibal présente au Roi l'esquisse de ses efforts contre les oppresseurs du monde; ose lui conseiller de préférer la gloire à l'amour, et l'exhorte à aller chercher la victoire sur les bords du Tibre. Antiochus, sans rejeter les avis d'un guerrier qu'il honore, veut parler au consul, et invite, à tout événement, Annibal à préparer ses braves au combat. Annibal y court, déclarant à Antiochus qu'il se sépare de lui s'il devient l'ami des Romains.

Scène V. — La fierté d'Annibal pèse à Antiochus. Préoccupé par l'hymen auquel il aspire, un soupçon vague lui rend suspecte l'opposition du Carthaginois; il ne le voit auprès de lui qu'avec des yeux jaloux. Tigrane ne peut voir dans Annibal un rival à craindre pour l'amour d'Antiochus; mais c'en est un bien redoutable pour sa gloire. Antiochus le sent, et s'apprête à tromper l'espoir de cet ennemi des Romains.

Scène VI. — Persicus vient annoncer au roi la prochaine arrivée d'Acilius. Il annonce que Scipion, frère de l'Africain, arrivé le matin même au camp romain, vient remplacer le père d'Acilie. Antiochus croit plus vraisemblable que ce soit un collègue que le sénat donne à Acilius; il en conçoit une triple espérance. Si l'armée romaine obéit à deux chefs, il compte sur leur rivalité pour les vaincre; si Acilius conserve sa puissance, il croit que son orgueil favorisera son hymen avec Acilie; s'il cherche à se venger de Rome, il acceptera pour gendre un roi devenu son vengeur. Il sort, assuré que ce jour fortuné mettra d'accord sa gloire et son amour.

ACTE II.

Scène première. — Annibal se rend à une conférence que lui a demandée Acilie. Il en ignore les motifs; mais il proteste à son compagnon Astuval, que rien ne peut fléchir sa haine contre Rome, et il le charge d'aller préparer ses Carthaginois à de nouveaux travaux. Astuval l'assure que ses ordres sont remplis; un messager fidèle a été dépêché vers Philippe, un autre vers Nabis; celui-ci a répondu à ce message, et doit, dès demain, avec le jour, arriver avec ses soldats non loin du camp d'Antiochus.

Scène II. — Acilie essaie d'aborder les propositions que son ame ingénue, et peu exercée dans cette politique qui pèse le sort des empires, a cru pouvoir faire à Annibal. Ce guerrier les élude. Acilie essaie de laisser percer ses tendres sentiments. Annibal repousse avec rudesse une explication plus positive. La fierté d'Acilie ramène l'entretien sur le seul intérêt de Rome et de ses ennemis. Annibal, rejetant toute idée de rapprochement, compte la haine des Romains comme le seul bien qui lui reste; exprime ses vœux inexorables pour la destruction de ce peuple odieux, et déclare que si l'amour désarme le faible Antiochus, la soif de la vengeance lui fera chercher ailleurs d'autres amis plus dignes de s'associer à ses nobles desseins. Il sort, ne laissant à Acilie aucune espérance de le fléchir.

Scène III. — Sabine vient demander à Acilie ce qu'elle a obtenu d'Annibal. Acilie n'espère plus rien; mais le grand caractère de son héros a redoublé son admiration. Elle l'excuse, et se montrera digne de lui, en ne sacrifiant à son amour aucun de ses devoirs comme Romaine.

Scène IV. — Acilius arrive; Acilie vole au-devant de lui. Elle l'interroge sur ce qu'elle doit espérer ou craindre. Acilius ignore pourquoi le roi de Syrie a desiré le voir. Il gémit de voir sa fille prisonnière; mais, nouveau Brutus, il immolera la nature aux devoirs d'un consul, et Antiochus, s'il desire la paix, acceptera la loi que le sénat a voulu lui dicter. Acilie l'encourage dans ses desseins; elle révèle à son père l'amour d'Antiochus pour elle, et ce qu'en espère ce roi. Le consul pense que si cela peut conduire le roi syrien à accepter la paix que Rome lui propose, il ne devra pas lui refuser sa fille. Acilie déclare qu'elle n'y pourra consentir; son cœur n'est plus à elle. Acilius indigné veut connaître quel est ce Romain qu'elle a choisi sans l'aveu de son père. Ce n'est pas un Romain, et, à ce qu'en dit Acilie, le consul reconnaît Annibal. Aveu d'Acilie; courroux d'Acilius, que ne calme point l'explication que lui donne sa fille, qu'il congédie, Antiochus ne pouvant tarder à paraître.

Scène V. — Acilius se plaint, devant Manilius, des événements de cette journée; il se console toutefois par ce qu'il vient d'apprendre. Il y voit un moyen de perdre Annibal, et de conclure la paix. Manilius s'étonne de ce qu'il considère la paix comme un bien; il l'a vu soutenir à Rome que la guerre était, en tout temps, nécessaire aux Romains. Acilius n'a point changé de maximes, mais il a besoin de la paix pour déjouer les Scipions qui, profitant de son absence, ont envoyé un des leurs partager avec lui l'empire de la Grèce. Il énumère ses exploits depuis qu'il y a conduit les cohortes romaines, se plaint de ce qu'on lui donne un collègue, comme pour affaiblir sa gloire, et se promet de profiter de l'occasion qui lui est offerte de ne point partager ses lauriers avec Scipion.

Scène VI. — Persicus vient annoncer à Acilius que le roi l'attend dans sa tente. Acilius se rend auprès du roi en faisant des vœux pour la paix.

ACTE III.

Scène première. — Acilie, sans espoir pour son amour, entrevoit une espèce de consolation qu'elle confie à Sabine. Son père a dû consulter Scipion, qui partage aujourd'hui son pouvoir. Il est rentré dans son camp pour concerter les offres qui peuvent être faites à Annibal. Sabine demande ce qu'a pu répondre Acilius à l'offre que le roi a dû lui faire d'une couronne pour sa fille. Acilie ignore ce qui s'est passé à cet égard; mais elle ne peut croire que son père exige d'elle un sacrifice auquel il doit savoir qu'elle préférerait la mort.

Scène II. — Antiochus annonce à Acilie, qui n'a pu éviter sa rencontre, que tout est terminé entre le consul et lui. Acilius accorde à son amour la main de sa fille, et la Syrie devient l'amie et l'alliée de Rome. Acilie ne peut y souscrire; elle fait l'aveu que son cœur ne lui appartient plus ; elle n'aimera qu'une fois. Elle exhorte Antiochus à se venger de ses refus en la bannissant de sa pensée.

Scène III. — Annibal vient annoncer au roi que les chefs de l'armée n'attendent que ses ordres pour le conseil auquel il les a appelés. Acilie implore Annibal pour qu'il rende le repos à la terre. Antiochus, attentif à ce mouvement, bannit Acilie de ses regards, et ne songe plus à la paix. Il annonce à Annibal que les chefs du camp peuvent se rendre auprès de lui. Annibal sort pour remplir les intentions du roi.

Scène IV. — Un nouveau mouvement de jalousie agite Antiochus.

Scène V. — Conseil de guerre, où l'opinion de Persicus, qui conseille la paix, est combattue par Annibal, qui ne respire que la guerre.

Scène VI. — Acilius, que Scipion n'a pas laissé le maître des conditions de paix, vient détailler à Antiochus celles qu'il doit souscrire. Noble indignation d'Annibal. La fierté d'Antiochus se réveille. Révolté par tant de hauteur, il congédie le consul, et ordonne que tout s'apprête pour les combats. Annibal presse Antiochus d'écouter ses avis, pendant qu'Acilius donne bas, et sans être aperçu, un rendez-vous à Persicus qui l'accepte. Le consul sort.

Scène VII. — Fin du conseil de guerre. Annibal insiste pour qu'Antiochus laisse le consul disposer de la Grèce, et coure porter la guerre dans Rome même, que consternera la seule présence d'Annibal. Antiochus sent le prix d'un tel conseil, mais ne veut pas fuir devant ses ennemis. Il donne le plan de l'attaque qu'il veut faire, dans la nuit même, du camp des Romains, et il sort pour assurer le succès de ce premier combat.

ACTE IV.

Scène première. — Acilie, au milieu de la nuit, et pendant le combat, s'abandonne à ses craintes; elle ne sait pour quel parti faire des vœux. Sabine l'exhorte à surmonter son vain amour; elle ne peut faire sur elle un tel effort. Des soldats en désordre traversent le théâtre pour aller secourir Antiochus. Sabine, qui a été s'informer de la cause de ce mouvement, annonce qu'Acilius est vainqueur. Acilie craint d'avoir à pleurer sa victoire.

Scène II. — Tigrame, envoyé par Antiochus auprès d'Acilie, qu'il craint de se voir enlever, lui annonce qu'elle est sous sa garde. Acilie demande quel est le sort de son héros. Tigrame étonné demande de qui elle parle. Acilie, revenue à elle, nomme son père, et paraît craindre pour sa vie. Tigrame la rassure.

Scène III. — Antiochus paraît : il défend qu'on se livre au repos, et ordonne qu'on lui fasse part des nouvelles qu'on pourra recevoir d'Annibal. Il s'excuse envers Acilie, et la renvoie, n'ayant plus dans son camp de garde qu'elle-même.

Scène IV. — Antiochus retrace à Tigrame tous les revers qu'il vient d'éprouver, et ne comprend pas comment Acilius ne l'a pas poursuivi jusqu'en son camp. Il soupire après le retour d'Annibal, et frémit de penser qu'il aurait perdu cet ami. Tigrame se félicite de ce que ce héros n'est plus l'objet de sa jalousie. Antiochus a reconnu et abjuré cette erreur dans le conseil; et il nomme Annibal son plus sûr défenseur.

Scène V. — Annibal, au milieu des siens chargés des dépouilles romaines, annonce la défaite totale des Romains. Il raconte comment, tandis que Persicus tombé dans un piége s'est rendu sans combattre, et a fait tomber sur le roi tout l'effort de deux corps d'armée, lui, Annibal, a renversé la colonne qui avait d'abord osé lui résister, a pénétré dans le camp romain, a attaqué Persicus sur ses derrières, ce qui a dégagé le roi; et, après avoir jonché de morts tout le camp ennemi, est rentré dans les retranchements d'Antiochus. Celui-ci exprime sa reconnaissance à Annibal qui, de nouveau, le presse de porter le premier à Rome la nouvelle de sa victoire.

SCÈNE VI. — Persicus, prisonnier des Romains, mais envoyé vers son roi sur sa parole, vient porter des ouvertures de paix. Il a l'air de croire que les succès de cette première bataille sont partagés, et que les deux partis en ont souffert également. Annibal ne peut concilier une telle opinion avec la démarche des consuls. Antiochus consent à écouter Acilius et à traiter avec lui de la paix. Annibal s'en indigne. Antiochus le rassure, et promet de prendre un soin particulier de sa gloire et de ses intérêts. Annibal se détache de cette paix, jure, par ses compagnons, de mourir l'ennemi de Rome, et sort en déclarant à Antiochus qu'il ne restera pas l'ami d'un allié des Romains.

SCÈNE VII. — Antiochus charge Persicus d'aller quérir Acilius; il l'attendra pour conclure la paix. Persicus se retire.

SCÈNE VIII. — Tigrame se réjouit de ce changement imprévu. Antiochus avoue que plus que jamais il est jaloux d'Annibal, non plus comme d'un vain obstacle à son amour, mais comme son rival dans les champs de la gloire. Il sent que, quels que puissent être ses succès, tant qu'Annibal combattra sous ses drapeaux, lui seul aura l'honneur de ses victoires. Le changement dont le félicite Tigrame n'est dû qu'à cette jalousie que lui inspire la gloire d'Annibal.

Scène IX. — Astuval annonce que des Syriens, qui se rallient au camp, parlent de trahison, et font juger, par leurs discours, que Persicus avait vendu les secrets de son maître. Antiochus sort pour aller éclaircir ces bruits.

ACTE V.

Scène première. — Antiochus veut tenter un dernier effort sur Annibal, pour le déterminer à souscrire à la paix, lui offrant dans sa cour un repos honorable. Refus d'Annibal. Antiochus insiste, et croit pouvoir obtenir par la force et par la contrainte un sacrifice qu'il sollicite au nom de l'amitié. Il s'interpose entre Annibal et Rome, et veut voir cesser leurs débats. Annibal s'indigne d'une médiation appuyée sur la force des armes, et déclare qu'il restera l'ennemi des Romains, tant que leur turbulente ambition menacera la liberté du monde; il sort, en annonçant son prompt départ.

Scène II. — Antiochus charge Tigrame d'aller punir tant d'arrogance.

Scène III. — Acilius se présente pour traiter de la paix. Antiochus ne lui demande qu'un instant pour garantir Rome des desseins hostiles d'Annibal; il sort avec Tigrame, auquel il va donner ses ordres en conséquence.

Scène IV. — Acilius expose à Manilius les avantages qu'il espère obtenir des circonstances où l'a placé une défaite due au seul Scipion.

Scène V. — Tigrame annonce à Acilius le départ d'Annibal, suivi des siens et de tous ceux qu'a séduits son audace guerrière. On craint qu'il se dirige vers Nabis. Mais la paix qui se prépare rend Nabis lui-même un bien faible ennemi.

Scène VI. — Acilie croit entrevoir sa liberté dans le retour de son père au camp d'Antiochus. Acilius la laisse dans l'incertitude, et la prépare à céder aux volontés de Rome, quoi qu'elle puisse exiger de son obéissance. Il sort pour joindre Antiochus.

Scène VII. — Acilie s'effraie de l'accueil qu'elle a reçu d'Acilius. D'affreux pressentiments la tourmentent; elle ne pense qu'avec horreur à l'hymen dont Antiochus s'est flatté et l'a menacée. Sabine ne peut calmer ses craintes.

Scène VIII. — Tigrame annonce à Acilie la cérémonie qui va sanctifier l'alliance de Rome avec Antiochus. Acilie s'afflige de ne pas voir paraître Annibal.

Scène IX. — Antiochus et Acilius proclament la paix et leur alliance; ils reçoivent réciproquement leurs serments.

Scène X. — Annibal a rencontré, non loin du camp, Nabis et son armée s'avançant vers Antiochus. Il les devance, et vient porter au roi de Syrie les vœux du roi de Sparte. Il paraît au moment où Antiochus met sa main dans celle du consul de Rome. Explication vive qui se termine par un acte d'autorité de la part d'Antiochus, qui se charge de répondre d'Annibal aux Romains. Noble indignation du Carthaginois. Antiochus déclare que les ennemis de Rome sont désormais les siens. Acilius annonce à sa fille que, pour cimenter cette alliance, Rome a compté sur elle. Antiochus la presse d'accepter sa main. Acilie s'en défend; son père prétend l'y contraindre. Antiochus s'oppose à cette violence. Acilie se résout, ordonne d'allumer le flambeau d'hyménée, monte à l'autel, abandonne sa main à Antiochus, lui nomme son rival, se frappe le cœur d'un poignard et tombe sans vie. Antiochus ordonne qu'on dérobe à ses yeux ce corps inanimé; redemande au ciel ses serments; voue aux Romains une nouvelle guerre; congédie le consul, et se rejette dans les bras d'Annibal, pour aller chercher sa vengeance au milieu de Rome embrasée.

FIN DE L'ANALYSE.

CONSIDÉRATIONS

CONSIDÉRATIONS

SUR

LA TRAGÉDIE D'ANNIBAL.

Peu de tragédies, anciennes ou modernes, furent uniquement consacrées à l'utilité générale. Ce devrait être cependant l'objet essentiel des travaux de tout écrivain dramatique.

Si la comédie se vante de corriger les mœurs, la tragédie doit s'honorer d'éclairer les peuples et les rois sur leurs devoirs ou sur leurs intérêts, et s'efforcer de corriger la politique.

Pénétré de cette vérité, j'ai attaché un but utile à cet ouvrage : j'aurai manqué ce but, si le lecteur (1) ne le devine pas sans moi.

J'exposerai néanmoins les motifs qui m'ont déterminé à créer un personnage que l'histoire ne me fournissait pas. Le rôle allégorique que je lui distribue a besoin de quel-

---

(1) Je ne dis pas le *spectateur*, le comité du Théâtre-Français de la rue de Richelieu ayant condamné mon poëme à n'être qu'un ouvrage de cabinet.

ques explications préliminaires, non pour le spectateur, qui ne m'aurait demandé que des émotions, mais pour le lecteur, qui, plus calme et plus exigeant, analysera, de sang froid, tous les ressorts de mon poëme, et voudra que je justifie la nécessité de tout ce qui ne s'y trouvera pas en rapport avec la vérité historique.

Le but politique de ma tragédie me semble en parfaite harmonie avec le besoin permanent de l'Europe continentale; aussi l'une des plus grandes difficultés que j'aie éprouvées, a-t-elle été celle d'éviter d'en faire un ouvrage de circonstances. Mais je dois croire y avoir réussi, si conserver la grandeur romaine à côté du grand caractère d'Annibal, si donner à ce grand capitaine une physionomie digne de lui, si, enfin, sans dégrader Antiochus, dessiner l'irrésolution et la faiblesse dont l'histoire accuse ce prince, c'est avoir essayé une composition bonne pour tous les peuples et pour tous les temps.

Mon sujet a pour base une époque et des vérités historiques.

La présence d'Acilius en Grèce, contre Antiochus, Nabis et les Étoliens réunis, précéda immédiatement l'arrivée de Scipion l'Asiatique, sous lequel succomba, plus tard, l'empire de Syrie.

La haine d'Annibal contre Rome, et ses liaisons avec Antiochus, ont eu le plus grand éclat à cette même époque.

L'histoire nous a conservé les discours d'Annibal à Antiochus; c'est là seulement que j'ai pris le langage que je prête à cet implacable ennemi des Romains, plus jaloux, lorsqu'il s'agissait de faire parler ce héros, d'être qualifié de traducteur fidèle, que de faire, comme poète, des efforts d'imagination.

Je n'ai donc vraiment inventé, dans mon drame, que les amours d'Antiochus pour cette Acilie que je donne pour fille à Acilius, et que je fais brûler elle-même, pour Annibal, d'une passion qui prend uniquement sa source dans l'amour de la gloire, et qui ne se manifeste que par tout ce que peut inspirer de grand et d'héroïque une admiration généreuse.

Mais, en cela même, l'histoire m'a aidé. Elle m'a raconté qu'Antiochus, après avoir d'abord chassé les Romains de la Grèce, alla perdre le fruit de ce premier succès dans une des îles de l'Archipel, où il épousa une belle fille, avec laquelle il oublia le soin de sa gloire dans les fêtes et les plaisirs.

J'ai cru que j'ajouterais un intérêt à l'action de mon drame, si je supposais que cette fille était Romaine, et si, lui faisant dédaigner l'amour d'Antiochus, je la rendais éprise d'Annibal qui, la dédaignant à son tour, préparerait, pour mon cinquième acte, une catastrophe qui y sème (je l'ai voulu ainsi du moins) de la terreur, de la pitié et de l'admiration.

Je devrais peut-être laisser deviner ce qui me reste à ajouter; mais ne parlant ici qu'à des lecteurs, je crois pouvoir soulever pour eux le voile allégorique qui fait ou le mérite ou le vice de mon poëme.

Rome y fait allusion à Londres.

Antiochus et ses alliés sont l'Europe continentale, si fortement intéressée à étouffer cet esprit de domination universelle qui, depuis long-temps, caractérise la politique anglaise.

A la différence de position près, différence qu'il n'était pas en mon pouvoir d'effacer, voulant opposer aux Romains le plus grand homme de guerre de l'antiquité, à cette différence près, Annibal est un personnage allégorique, exprimant la haine vertueuse que tout Français, digne de ce nom, doit porter à ce gouvernement insulaire, qui n'a de génie que pour fomenter des discordes seules capables de reculer sa destruction, et qui, dans ce moment même, où l'Europe, justement armée contre l'esprit de révolte qui menace de la bouleverser, va l'étouffer dans un de ses foyers, se sépare de la cause commune, déclare en plein parlement, que la révolution d'Espagne est *nationale*, en approuve les causes sans s'effrayer des conséquences, et refuse de reconnaître dans les révolutionnaires de la péninsule ibérienne, les alliés des Carbonari d'Italie, des illuminés d'Allemagne, des libéraux de France et des radicaux d'Angleterre.

Persicus que, sous un autre nom, l'histoire nous présente comme l'un des généraux d'Antiochus, et qui, constamment opposé à Annibal, ravit long-temps à ce héros la confiance du roi de Syrie, représente ces anglomanes qui, sur toute la surface de l'Europe, et jusque dans les conseils des rois, aveugles enthousiastes d'un peuple enivré d'illusions, ne voient pas que ce peuple s'agite au bord d'un précipice, et croient ou ont l'air de croire qu'une prospérité factice, qui a offert le miracle d'un siècle de durée, peut se perpétuer à l'infini.

Acilie, enfin, autant qu'a pu le permettre la difficulté d'un tel rapprochement, représente l'opposition anglaise se passionnant pour les idées libérales, si souvent proclamées en France, sans perdre toutefois cette teinte de patriotisme et d'esprit national qui, à Rome comme en Angleterre, quoiqu'avec des motifs différents, ont eu une physionomie si prononcée.

Si mes efforts n'ont pas été tout-à-fait sans succès; si l'intérêt de ma tragédie ne nuit pas à l'allégorie qui en est la base et le nœud; si cette allégorie, à son tour, n'en affaiblit pas l'action ou n'en refroidit pas l'intérêt, j'aurai, je crois, le droit d'en conclure que mon drame a, en effet, un but qui ne manque pas d'une certaine utilité morale et politique.

La jalousie, que manifeste Antiochus contre Annibal, entre parfaitement dans ce but politique.

Convaincu que l'Europe entière est, comme la France elle-même, intéressée à ce que l'Angleterre adopte une politique plus franche, et renonce à chercher dans les troubles qu'elle suscite des occasions et des prétextes pour envahir, l'une après l'autre, toutes les positions maritimes du globe, j'ai conçu que si elle ne seconde pas de tous ses moyens les vœux de cette même France, dont Annibal est ici l'interprète, c'est qu'elle est offusquée de sa force après tant de désastres récents et qu'elle craint d'y ajouter: étrange aveuglement qui n'a d'autre effet que de prolonger l'asservissement du continent!

Au reste, cette jalousie, Antiochus l'éprouva véritablement. Elle fut un des plus forts moyens que les courtisans syriens employèrent auprès de leur maître pour l'empêcher de s'abandonner entièrement à Annibal.

Pour me résumer sur cette matière ; ce n'est pas la rivalité de la France et de l'Angleterre que j'ai voulu peindre, c'est celle de l'Angleterre contre l'Europe entière : distinction essentielle et sans laquelle on s'exposerait à juger mal la constance d'Annibal, d'une part, et la conduite ainsi que les discours d'Antiochus, de l'autre, tout historiques que sont l'inflexibilité de celui-là et les irrésolutions de celui-ci, comme il serait aisé de le prouver.

Je finirai par une observation qui répondra d'avance à une objection que quelques-uns pourront se croire en droit de me faire.

On trouvera peut-être que cet amour d'Acilie, pour Annibal qui la dédaigne, s'accorde mal avec l'âge de ce héros, à l'époque que je rappelle, et surtout avec une difformité qui pouvait honorer le guerrier, mais qui devait repousser une amante.

A deux mille ans de nous, les héros n'ont point d'âge : voilà ma réponse ; et, à moins qu'on ne force le poète qui nous a peint Philoctète amoureux de Jocaste, déjà plus que sur son retour, à produire l'acte de naissance du compagnon d'Alcide, je soutiendrai qu'avec bien plus de vraisemblance, et choquant moins les convenances, j'ai pu prêter à une Romaine passionnée pour la gloire, les sentiments qu'elle accorde au plus grand homme de son temps.

Quant à la difformité d'Annibal, la source de la passion d'Acilie est trop noble et trop élevée, pour que cette généreuse citoyenne daigne s'en offusquer ; et c'est moins l'intérêt de mon drame que j'ai consulté, en en soulageant mon héros, que la délicatesse très raisonnable de notre scène, et surtout celle, encore mieux fondée, de nos acteurs, qui refuseraient légitimement de se montrer en héros tragiques avec un emplâtre sur l'œil.

Si cette explication ne m'excuse pas, ce sera déclarer que l'un des plus beaux caractères de l'antiquité, l'un des hommes les plus marquants dans l'histoire, doit demeurer à jamais exclu des honneurs de la scène tragique, car sa difformité remonte à toutes les époques où l'on peut lui assigner un rôle important.

Un préjugé, peu réfléchi je crois, a déclaré le sujet de cette tragédie essentiellement ingrat et inadmissible au théâtre, et on en donne pour preuve cette foule de poëmes que nous avons sous le titre d'Annibal, et dont aucun n'a pu se soutenir sur notre scène. J'avoue que je ne saurais concevoir qu'un si grand caractère ne puisse être traité avec succès par un homme d'un vrai talent. Il est peu de nos littérateurs qui n'aient, dès leur jeunesse, essayé de le crayonner. Il a donc en lui-même un attrait qui sourit aux imaginations que n'a pas encore égarées ou effrayées cet esprit de système qui, de nos jours, s'attache à tout pour fausser toutes nos idées.

Je me trompe beaucoup, ou l'inutilité des efforts qu'ont faits, jusqu'à ce jour, nos poètes dramatiques pour enrichir notre scène d'une tragédie d'Annibal qui restât au répertoire, a pour unique cause le choix de l'époque où tous, sans exception, ont mis ce héros en action.

On nous l'a toujours présenté à la cour de Prusias, sans

influence sur les événements dont il n'est que la trop impuissante victime, ne vivant plus que par ses souvenirs, n'ayant plus nul moyen de satisfaire sa vengeance, affaibli par l'âge, par le malheur et par la déloyauté des rois, qu'il excite en vain à défendre leur dignité et leur indépendance, et réduit enfin, pour ne pas tomber au pouvoir d'un consul de Rome, à se donner la mort de sa propre main.

Dans une telle situation, il est impossible de montrer Annibal sous sa véritable physionomie. J'en ai choisi une autre qui le présente dans toute sa vigueur, et capable encore de faire trembler Rome. Je n'ai pas fait de sa mort la catastrophe de mon drame; il lui survit, et son dernier mot est une menace contre les Romains.... Je crois qu'il n'y a pas d'autre route à suivre pour réduire au silence le préjugé qui repousse de notre théâtre un si beau caractère : si donc je n'ai pas su en triompher, d'autres viendront après moi qui seront plus heureux; mon impuissance ne doit point les décourager, et il me restera du moins le mérite de leur avoir ouvert la seule voie qui puisse les mener au succès.

FIN DES CONSIDÉRATIONS.

ANNIBAL,

TRAGÉDIE EN CINQ ACTES ET EN VERS.

PERSONNAGES.

ANTIOCHUS, roi de Syrie.
ANNIBAL.
ACILIUS, consul de Rome.
ACILIE, fille d'Acilius.
SABINE, suivante d'Acilie.
PERSICUS, général syrien.
TIGRAME, confident d'Antiochus.
ASTUVAL, compagnon et confident d'Annibal.
MANILIUS, confident d'Acilius.
Gardes d'Antiochus.
Carthaginois attachés à la fortune d'Annibal.
Licteurs du consul de Rome.
Prêtres des dieux de la Syrie.

La scène est en Grèce, dans le camp d'Antiochus.

ANNIBAL.

ACTE PREMIER.

SCÈNE PREMIÈRE.

ACILIE, SABINE.

ACILIE.

Elle va donc finir cette trève inutile
Qui promettait la paix à la Grèce immobile!
L'aigle du Capitole oisive au champ de Mars,
S'agite et va du monde effrayer les regards.
Rome enfin se réveille et ressaisit ses armes!...
Sabine, que ce jour doit me causer d'alarmes!

SABINE.

Quoi! fille d'un consul! fille d'Acilius!
Que craignez-vous?

ACILIE.

Je crains mes vœux irrésolus.
J'aime Rome et sa gloire; et si, pour ma patrie,
Il fallait que ma main disposât de ma vie,
Acilie à tes yeux, maîtresse de son sort,
Affronterait sans peine une si belle mort.
Un cœur tel que le mien n'est pas fait pour la crainte.
Mais un trouble secret dont mon ame est atteinte

Maîtrise ma pensée et règle tous mes vœux.
Je m'évite moi-même, à toute heure, en tous lieux;
Rien ne peut dissiper cette fatale ivresse;
Elle me suit partout et m'obsède sans cesse.
Prisonnière en ces lieux, j'ai vu sans m'émouvoir,
Ces fers qui du vaincu semblaient flatter l'espoir.
Digne du nom romain, séparé de sa fille,
Mon père, à son pays, immola sa famille.
Vainqueur dans Héraclée, il n'a point accepté
Le prix qu'Antiochus mit à ma liberté.
Rome n'a point perdu le fruit de la victoire;
Acilius, mon père, a conservé sa gloire.
Mon orgueil est content; et je ne comprends pas
Pourquoi mon faible cœur en murmure tout bas.

SABINE.

Oubliez-vous et Rome, et ses desseins augustes?

ACILIE.

Je les connais, Sabine, et je les trouve injustes.
Eh! de quel droit enfin et la terre et les mers,
Tant de climats lointains, tant de peuples divers,
Doivent-ils, de nos lois adorateurs serviles,
Courber sous les Romains leurs fronts toujours dociles?

SABINE.

Tels sont, vous le savez, les arrêts des destins.

ACILIE.

Tels sont les préjugés qui trompent les humains.
Crois-tu que Romulus, dont le mâle génie
Ecrasa de nos murs l'inquiète Italie;
Que Numa, que les chefs de ce peuple nouveau,

Qui nous parlent encor du sein de leur tombeau,
Prétendirent du monde établir l'esclavage?
De leurs voisins jaloux ils savaient le courage.
Et si leur politique offrit dans nos remparts
Un hommage éternel et des autels à Mars;
S'ils voulurent que Rome, au sein de ses murailles,
Préparât, dans la paix, ses enfants aux batailles;
Ce fut pour affermir leur empire naissant,
Contre le fier Sabin, le Volsque, le Toscan,
Et non pour asservir la Grèce et la Syrie,
Pour ravager l'Afrique et dominer l'Asie.
Aux Romains éblouis de hardis imposteurs
Osèrent présenter des destins plus flatteurs;
Et Rome, de son nom pressant la terre et l'onde,
S'appauvrit elle-même en dépouillant le monde.
Je crains d'un faux orgueil l'inévitable sort.
Les Grecs ont succombé sous le plus faible effort;
Le fier Carthaginois périt par ses richesses:
Je ne m'aveugle point par ces vaines promesses,
Ces oracles menteurs, ces arrêts du destin,
Qui, fixant à jamais sur le mont Aventin
La faveur de nos dieux, l'inconstante victoire,
Enivrent les Romains d'un fantôme de gloire.

SABINE.

Quel langage nouveau! quel murmure étonnant!
Pensez-vous arrêter l'invincible torrent
Qui, s'élançant du Tibre, et semblable au tonnerre,
Gronde en roulant ses flots, et fait trembler la terre?

ACILIE.

Je ne sais : je m'égare; et mon esprit confus...
Ce cœur romain se cherche, et ne se trouve plus.

Rome a fait mon malheur. Cette guerre funeste,
De mes pénibles jours empoisonne le reste.

SABINE.

Se peut-il ?

ACILIE.

Il n'est plus de repos pour mon cœur.
Dans ce camp odieux j'ai trouvé mon vainqueur.
La fille d'un consul brûle pour un barbare.

SABINE.

Comment?

ACILIE.

Tu vois l'horreur du trouble qui m'égare;
Mais ne crois pas qu'un choix trop indigne de moi,
Me réduise, Sabine, à rougir devant toi.
Respecte ma faiblesse et la plus noble flamme.
Un héros seul pouvait disposer de mon ame;
Et quel que soit l'objet de mes vaines amours,
Elles n'offensent point les auteurs de mes jours.

SABINE.

Pourriez-vous oublier le sang qui vous fit naître ?
On doit, à votre choix, encor le reconnaître;
Et le roi de Syrie, épris de vos attraits,
A mérité l'honneur...

ACILIE.

Sabine, tu pourrais
Soupçonner que ce cœur, peu jaloux de sa gloire,
Cède à ce roi trop faible une lâche victoire?

SABINE.

Et quel est donc l'objet de vos vœux?

ACILIE.

Annibal!

SABINE.

L'ennemi des Romains!

ACILIE.

Lui seul est leur égal.
Pour tout autre que lui, mon cœur, trop téméraire,
Rougirait de brûler d'une flamme étrangère.
Ce héros de l'Afrique est au-dessus des rois,
Acilie ose enfin s'honorer d'un tel choix.

SABINE.

Qu'espérez-vous, hélas ! d'une flamme si vaine ?

ACILIE.

Si je ne puis dompter son inflexible haine,
Contre Rome appaiser son trop juste courroux,
Eteindre la fureur qui l'arme contre nous,
Tout espoir doit cesser, tout espoir est un crime.
Je n'avilirai point un feu pur et sublime,
Et tu verras mon cœur, libre dans son penchant,
Préférer ses devoirs et Rome à mon amant.
Exilé de Carthage, il n'a plus de patrie ;
Son grand cœur, à regret, sert le roi de Syrie ;
Je me flatte, ou bientôt tu verras ce héros
Accepter, dans nos murs, le plus noble repos.
Rome enfin, d'un guerrier qu'elle redoute encore,
D'un héros qu'elle estime et que mon cœur adore,

Verra cesser la haine ; et le fier Africain,
Etonné de lui-même et devenu romain,
Jouissant des honneurs qu'on doit à son courage,
Dans nos remparts sacrés retrouvera Carthage.
Cet asile est le seul qui soit digne de lui ;
Et, pour ce grand dessein, Acilie aujourd'hui
D'un secret entretien...

SABINE.

Antiochus s'avance.

ACILIE.

Cachons-lui mes projets, mes vœux, mon espérance.

SCÈNE II.

SABINE, ACILIE, ANTIOCHUS, TIGRAME, Gardes.

ANTIOCHUS.

Madame, c'en est fait : mes efforts pour la paix
Vainement ont flatté mes plus ardents souhaits.
La trève expire enfin; la trompette guerrière
Va rouvrir des combats la sanglante carrière.
Sitôt que le soleil, abandonnant ces lieux,
Aux astres de la nuit aura livré les cieux,
La guerre et ses fureurs vont remplir ce rivage.
Ce moment, trop tardif au gré de mon courage,
Ce moment signalé replace dans mes mains
La vengeance du monde et le sort des Romains.
Déjà les deux partis, réveillés par la gloire,
Avides de combattre, appellent la victoire ;

Et les dieux incertains, bientôt, dans les deux camps,
Verront sur leurs autels fumer un double encens.
Ces dieux me sont témoins que, malgré son outrage,
J'ai souhaité que Rome, et plus juste et plus sage,
Acceptât une paix utile aux deux partis.
La gloire a ses appas; mais ses lauriers flétris,
Teints du sang des humains, coûtent trop à la terre.
Je vois avec horreur le fléau de la guerre;
Et sans la redouter...

ACILIE.

Seigneur, tout comme à vous,
La paix était l'objet de mes vœux les plus doux.
Je suis votre captive; et, dans ce jour d'alarmes,
Aux maux de l'univers mes yeux donnent des larmes.
Je gémis de la guerre; elle m'a tant coûté!

ANTIOCHUS.

Vous soupirez, Madame, après la liberté!
En vain Antiochus, attentif à vous plaire,
A rendu, par ses soins, votre chaîne légère;
Insensible à ses vœux, votre haine est le prix,
Ingrate, de l'amour dont il se voit épris!

ACILIE.

Vous offensez mon ame en lui parlant de haine.
Je n'ai pu vous laisser une espérance vaine.
Mais l'estime, seigneur, doit suffire à vos vœux.
N'attendez rien de plus de mon cœur malheureux.

ANTIOCHUS.

C'est trop peu pour le mien; et, malgré vous, Madame,
L'espoir y vit encore et console ma flamme.

29

Je ne m'en cache point; il m'eût été bien doux,
Il m'eût été bien cher de ne devoir qu'à vous
Le suprême bonheur où mon amour aspire;
Mais c'est assez, pour moi, dans l'ardeur qui m'inspire,
De l'estime flatteuse offerte à mon espoir,
Et l'amour pourra naître à côté du devoir.

ACILIE.

Que dites-vous, seigneur? et qu'osez-vous prétendre?

ANTIOCHUS.

Votre père, ici-même, aujourd'hui va se rendre.
Je lui fais demander un dernier entretien.
Vous pouvez de la paix devenir le lien.
Le trône vous attend, si, par mon alliance,
Rome veut, à ce prix, affermir sa puissance.

ACILIE.

Rome ne peut, seigneur, disposer de ma foi,
Et je ne dois ici dépendre que de moi.
Ma main porte des fers; mon cœur est libre encore.
Plus digne de vos feux et d'un choix qui m'honore,
Une autre sentira le prix de votre amour;
Une autre...

ANTIOCHUS.

Voulez-vous renoncer en ce jour
A rendre à l'univers une paix nécessaire?
Et méconnaîtrez-vous les droits sacrés d'un père?

ACILIE.

Je respecte ces droits, seigneur, et cette paix
Serait, pour moi, des dieux le plus grand des bienfaits.

Mais rappelez l'aveu que vous fit ma franchise.
Perdez un vain espoir; Prince, qu'il vous suffise
De connaître ce cœur qui ne peut vous offrir
Que la plus noble estime.

ANTIOCHUS.

Ah! je ne puis souffrir
Cette affreuse lueur que votre barbarie
Répand sur les destins d'un amant qui supplie.
Nommez à ma fureur mon odieux rival.

ACILIE.

Seigneur, je suis romaine; et le trouble fatal,
Les jalouses fureurs, l'impuissante colère
Qui vous font d'un grand roi perdre le caractère,
Ne feront point changer mes vœux ou mon destin.
Maîtresse de mon cœur, maîtresse de ma main,
Je ne quitterai point mon illustre patrie
Pour m'asseoir avec vous au trône de Syrie.
Je ne me pare point d'une fausse fierté;
Je vous parle sans feinte; et si ma liberté
De la paix aujourd'hui ne peut être l'ouvrage,
Je saurai, jusqu'au bout, supporter l'esclavage,
Excuser vos rigueurs, souffrir votre courroux,
Mais conserver ce cœur qui ne peut être à vous.

(*Elle sort avec Sabine.*)

SCÈNE III.

ANTIOCHUS, TIGRAME, Gardes.

ANTIOCHUS.

Est-ce donc là le prix de l'amour le plus tendre?
La cruelle!

TIGRAME.

Seigneur...

ANTIOCHUS.

Je ne veux rien entendre.
Plus d'accord, plus de paix. Mon amour outragé
Dans le sang des Romains sera bientôt vengé.
Mais quel est ce rival qu'on oppose à ma flamme?
En est-il? Ai-je bien su lire dans son ame?
Tigrame! je me perds dans la nuit de mon sort,
Et mon plus grand tourment est d'en douter encor.

SCÈNE VI.

TIGRAME, ANTIOCHUS, ANNIBAL, ASTUVAL, Gardes,
Troupe de Carthaginois.

ANNIBAL.

Seigneur, est-il bien vrai? Quelle fausse espérance
Vous fait d'Acilius desirer la présence?
Dois-je croire, en effet, qu'oubliant leurs dédains,
Vous vous flattez encor de fléchir les Romains?
Qu'au moment d'enchaîner leur fureur vagabonde,

Vous présentez la paix à ces tyrans du monde ?
Que, trompant de Nabis la généreuse ardeur,
Du fier Etolien la haine et la valeur,
De mes braves guerriers l'audace et la vaillance,
Tant de héros dont, seul, vous êtes l'espérance,
L'univers indigné, vos belliqueux soldats,
Votre gloire, vos dieux, vos sujets, vos états,
Vous pouvez d'un romain caresser l'insolence,
Et des brigands du Tibre implorer la clémence ?

ANTIOCHUS.

Le sort de l'univers, seigneur, est dans mes mains.
Je ne l'ignore point; et mes sages desseins,
Embrassant, à-la-fois, et la paix et la guerre,
Feront enfin cesser les malheurs de la terre.
Je sais, dans Annibal, admirer un héros
Qui ne peut supporter un indigne repos;
Qui, terrible aux vainqueurs de l'ingrate Carthage,
Plus grand par son exil qu'ennoblit son courage,
Fait rougir son pays, trembler ses oppresseurs,
Et voit, par ses revers, accroître ses ardeurs.
Mais la valeur souvent conduit à l'imprudence.
Votre grand cœur, du sort sait braver l'inconstance;
Vous parlez en guerrier avide de combats;
J'agis en politique, en retenant vos bras.
Oui : du sang des humains Antiochus avare,
Veut prévenir les maux que ce jour leur prépare.
J'attends Acilius, et j'espère aujourd'hui,
Donner la paix au monde en m'unissant à lui.
Par le sort des combats, sa fille est dans mes chaînes;
Je l'élève, à ses yeux, au rang des souveraines;
Au consul ébloui je demande sa main,
Et me réconcilie avec le nom romain.

Votre gloire, vos droits, l'intérêt de la Grèce,
Seigneur, dans un traité dicté par ma sagesse,
Ménagés avec art par mes prudentes mains,
Changeront désormais vos vœux et vos destins.

ANNIBAL.

Mon destin peut changer: non ma haine éternelle!
A mes premiers serments je veux être fidèle
Et vivre en disputant à ce peuple pervers
L'empire de la terre et le sceptre des mers.
Combien je dois gémir qu'un grand roi s'avilisse
A servir des Romains la farouche avarice!
Vous comptez avec eux sur la foi des traités!..
Où sont, seigneur, où sont ceux qu'ils ont respectés?
Par ces vils imposteurs lâchement abusée,
Voyez autour de vous la Grèce divisée,
Sans honneur et sans vie, aux yeux de l'univers
Lui vendre ses soldats pour languir dans ses fers.
Voyez la Macédoine, où, plus faible peut-être,
Dans son fier allié Philippe voit un maître.
Craignez, craignez vous-même un semblable destin.
Soyez encor, seigneur, l'effroi du nom romain.
Se montrer leur ami, c'est être leur esclave.
Annibal, sans soldats, les menace et les brave;
Ils tremblent à mon nom; tandis que, sous leurs lois,
L'immobile univers voit gémir tant de rois.
Imitez mon courage et ma haine inflexible.
La guerre est un fléau : la paix est plus horrible
Avec ce peuple avare, affamé de forfaits.
On doit craindre de lui jusques à ses bienfaits.
Mais, seigneur, si votre ame aspire à le réduire,
Permettez qu'Annibal ose ici vous instruire.
Interrogez sa gloire, et surtout ses revers.

C'en était fait de Rome : elle allait être aux fers,
Si ce bras, teint encor du sang de ses cohortes,
De Cannes eût conduit les vainqueurs à ses portes.
Consommez mon ouvrage et réparez mes torts.
Courez au Tibre. Allez ensanglanter ses bords.
C'est là qu'Antiochus fixera la victoire.
Faites taire l'amour, ne songez qu'à la gloire.
Justifiez l'espoir qui m'attache à vos pas ;
Soyez vous-même enfin.

ANTIOCHUS.

Je ne rejette pas
Les avis d'un ami, d'un guerrier que j'honore;
Mais je veux à la paix sacrifier encore.

ANNIBAL.

Quelle paix! justes dieux!

ANTIOCHUS.

Le consul que j'attends
Pourra seul éclairer mes intérêts présents.
Préparez cependant vos guerriers magnanimes...

ANNIBAL.

J'y cours : mais vous, seigneur, voyez dans quels abîmes
Un instant de repos peut vous précipiter.
Pour moi, sur mes devoirs je ne puis hésiter.
Rien ne peut mettre un terme à ma haine jalouse.
Parmi vos ennemis choisissez une épouse ;
Trahissez qui vous sert par cet hymen fatal ;
Soyez romain... Je pars, et demeure Annibal.

(*Il sort suivi des siens.*)

SCÈNE V.

ANTIOCHUS, TIGRAME, Gardes.

ANTIOCHUS.

Quel excès de fierté ! quel étonnant délire
Lui fait blâmer ainsi cet hymen où j'aspire?
Aveuglé par la haine, est-il vrai que son cœur
Ne voit dans les Romains ?... ô rage !

TIGRAME.

Quoi ! seigneur !
Vous pouvez soupçonner ?

ANTIOCHUS.

Oui, je ne vois, Tigrame,
Dans ce fier africain, qu'un obstacle à ma flamme.
Je ne le vois ici qu'avec des yeux jaloux ;
Tout enfin à le perdre excite mon courroux.

TIGRAME.

Vous le pouvez sans peine, et l'univers soupire
Après l'instant heureux où, loin de votre empire,
Ce soldat turbulent, trompé dans ses fureurs,
Ira chercher en vain de nouveaux défenseurs.

ANTIOCHUS.

Je pourrais encor plus : et si sa perfidie
Osait à mon amour disputer Acilie...

TIGRAME.

Ce n'est point là, seigneur, le crime d'Annibal,
Et vous devez, en lui, voir un autre rival.

C'est votre gloire, ici, qu'expose sa présence.
Vainqueur, vous le verrez à sa seule vaillance
Rapporter tout l'honneur de vos succès heureux.
Vaincu...

ANTIOCHUS.

Je tromperai son espoir orgueilleux,
Et la paix...

SCÈNE VI.

TIGRAME, ANTIOCHUS, PERSICUS, Gardes.

PERSICUS.

Sur mes pas le consul va paraître...
Seigneur, mais dans son camp, il va cesser, peut-être,
D'exercer désormais le pouvoir souverain.

ANTIOCHUS.

Comment?

PERSICUS.

Des bords du Tibre, arrivé ce matin,
Un frère du romain qui fit tomber Carthage,
Dont on vante déjà les talents, le courage,
Un guerrier que son nom rend plus cher aux soldats,
Scipion, va, dit-on, les mener aux combats.

ANTIOCHUS.

Peut-être ce guerrier, son égal en vaillance,
Vient-il d'Acilius partager la puissance.

PERSICUS.

Tels ne sont point les bruits jusqu'à moi parvenus.
Je conçois cependant...

ANTIOCHUS.

Il suffit, Persicus :
Acilius bientôt lui-même va m'instruire.

(*Persicus s'éloigne.*)

Rome ingrate envers lui, plus que je n'ose dire,
Favorise mes vœux et mes desseins secrets,
M'encourage à la guerre ou m'assure la paix.
Que deux chefs aux combats conduisent son armée;
Plus sûr de leur défaite, en mon ame charmée,
Je mesure l'effet de leur rivalité,
Et j'y vois le succès dont je m'étais flatté.
Qu'Acilius conserve encor quelque influence;
Son orgueil des Romains m'assure l'alliance.
Que contre son pays il cherche à se venger;
Je n'ai plus rien à craindre et rien à ménager,
Je marche à la victoire en devenant son gendre.
De cet espoir flatteur je ne puis me défendre.
Rentrons : je dois, enfin, voir, dans cet heureux jour,
S'accorder mon devoir, ma gloire et mon amour.

(*Il sort.*)

Fin du premier acte.

ACTE II.

SCÈNE PREMIÈRE.

ANNIBAL, ASTUVAL.

ANNIBAL.

Oui : quel que soit, ami, le dessein qui la guide,
Rien ne peut m'ébranler. Contre un roi trop timide,
Qu'on veut rendre infidèle à ma haine, à l'honneur,
Contre cette Romaine, objet de tant d'horreur,
Contre ces dieux jaloux, qui, lassant ma constance,
S'acharnent à trahir, à tromper ma vengeance,
Contre le sort enfin, dont le pouvoir fatal
Seconde les Romains et poursuit Annibal,
Il me reste ce bras; un nom terrible encore;
Des amis abreuvés du fiel qui me dévore;
De dignes compagnons de mes hardis desseins,
Ennemis éternels des perfides Romains.

ASTUVAL.

Mourir, ou de nos mains venger enfin Carthage,
Voilà nos vœux.

ANNIBAL.

Voilà l'espoir qui m'encourage.
Faisons rougir le monde et ces aveugles rois
Qui, de leurs intérêts méconnaissant la voix,

S'endorment sur la foi d'une lâche alliance
Qui détruit leur richesse et sape leur puissance.
Que Rome sous son joug écrase l'univers,
Un tel aveuglement lui mérite des fers.
Mais nous, dont rien ne put ébranler le courage,
Qui, seuls, éternisons la gloire de Carthage,
Nous, que ne put dompter le caprice du sort,
Pourrions-nous supporter?...

ASTUVAL.

Non, non : plutôt la mort.

ANNIBAL.

Oui : mourons; mais laissant, d'une haine implacable,
D'un noble désespoir l'exemple mémorable.
Mais vengés, mais baignés dans le sang des Romains.
Etonnons l'avenir par l'effort de nos mains.
A Philippe as-tu fait parvenir mon message?

ASTUVAL.

Ton ordre est accompli.

ANNIBAL.

Bientôt, sur ce rivage,
Verrons-nous arriver les soldats de Nabis?

ASTUVAL.

Lui-même il les conduit; et d'après ses avis,
Non loin du camp, jaloux de servir ton courage,
Demain, avec le jour....

ANNIBAL.

En faut-il davantage?

Accepte, Antiochus, une honteuse paix;
Malgré toi, je saurai renverser tes projets;
Malgré toi, contre Rome éternisant la guerre,
De son joug insultant j'affranchirai la terre;
Et, de ta lâcheté te forçant à rougir,
Tu me verras enfin me venger ou mourir.
La fille du consul en ces lieux va se rendre;
Laisse-moi : mais, tandis qu'Annibal va l'entendre,
Cours à nos compagnons rappeler leurs exploits.
Dis-leur....

ASTUVAL.

Tu les connais. Dociles à ta voix,
Il n'est point de travaux que leur ardeur guerrière
N'entreprenne avec joie en suivant ta bannière.

(*Il sort.*)

SCÈNE II.

ANNIBAL, ACILIE.

ANNIBAL.

Seigneur, à mes desirs vous daignez accorder
Ce secret entretien que j'ai fait demander.
Je sens ce que j'ai dû vous causer de surprise!
Mais, dans ce jour cruel, mon malheur autorise
Ce que je veux tenter pour fléchir le courroux
D'un guerrier généreux, d'un héros tel que vous.
Rome a trop, je le sais, mérité votre haine.
Son injuste rigueur, Carthage dans sa chaîne,
Votre exil, vos malheurs, ses avares desseins,

Contre elle, pour jamais, devraient armer vos mains.
Mais l'intérêt du monde, et surtout votre gloire,
Doivent de tant d'affronts étouffer la mémoire...
Ou plutôt, ce moment, que vous gardaient les Dieux,
Offre à votre vengeance un champ plus glorieux...
Vous pouvez, d'un seul mot, pacifier la terre.

ANNIBAL.

Qui? moi!

ACILIE.

La trève expire; et le sort de la guerre
Peut trahir votre bras, tromper votre valeur,
Faire triompher Rome.

ANNIBAL.

Eh! bien?

ACILIE.

Votre grand cœur
Au-dessus des revers élève son courage;
Je le sais : mais, seigneur, qu'un plus brillant partage
Attendrait Annibal si, plus doux aux Romains,
Il daignait assurer le repos des humains!

ANNIBAL.

Moi! pardonner à Rome!... Eh!... qu'importe à la terre
Que ma haine lui garde une éternelle guerre?
Qu'importe qu'Annibal, sans appuis, sans soldats,
Traînant son désespoir de climats en climats,
Implacable ennemi des oppresseurs du monde,
Fatigue de ses vœux ce ciel qui les seconde?...
Rome n'a plus bientôt d'ennemis qu'Annibal...

Qu'a-t-elle à redouter d'un si faible rival ?

ACILIE.

Antiochus se flatte en vain que sa tendresse
Soit le nœud d'une paix qu'implore sa faiblesse.

ANNIBAL.

Sa faiblesse !

ACILIE.

Seigneur, sans vous, sans votre appui,
Antiochus serait trop heureux aujourd'hui
Que Rome lui voulût accorder l'avantage
De la paix que repousse et craint votre courage.
Mais il s'est abusé : la fille d'un Romain
N'acceptera jamais sa couronne et sa main.
Dans les murs de Numa, le rang de citoyenne
Egale, croyez-moi, la pompe souveraine;
Une Romaine, enfin, peut, libre de son choix,
Estimer un héros.... mais dédaigner les rois.
Ah ! si, loin de nos murs, fixant votre naissance,
Les Dieux n'avaient ailleurs occupé votre enfance,
Fière de vous compter au rang de ses héros,
Par combien d'amour... Rome eût payé vos travaux !

ANNIBAL.

Madame !...

ACILIE.

Non, Seigneur, il n'est point de Romaine
Qui ne s'enorgueillît de porter votre chaîne,
Qui ne fît son bonheur, son destin le plus doux
De consacrer la paix en s'unissant à vous.
Le grand nom d'Annibal, que la gloire couronne,

Efface la beauté, la jeunesse, le trône;
Et tous les cœurs...

ANNIBAL.

Pour moi, nourri dans les combats,
Ce langage est nouveau : je ne le comprends pas.

ACILIE.

Et qu'a-t-il donc, Seigneur?...

ANNIBAL.

Ne parlons plus de Rome.

ACILIE.

Son estime ne peut qu'honorer un grand homme.

ANNIBAL.

Elle me doit sa haine; et c'est là mon seul bien.

ACILIE.

Votre cœur se méprend, et j'en appelle au mien.
Carthage vous punit de l'avoir trop servie;
Rome peut remplacer votre ingrate patrie.
Elle s'empresserait d'accueillir un héros,
D'honorer ses malheurs, d'illustrer son repos.

ANNIBAL.

Madame, je conçois que, pour votre patrie,
Vous puissiez souhaiter que ma haine assoupie,
Tandis qu'Antiochus s'occupe de la paix,
Cesse à vos fiers Romains d'envier leurs succès.
Mais si, jusqu'à ce jour, à son devoir fidèle,
Annibal a bravé la fortune cruelle,.

Il doit, par sa constance, apprendre à l'univers
A défendre ses droits, à rejeter des fers:
Carthage a succombé!... mais je vis, je suis libre...
Rome n'a point vaincu. Jusqu'aux sources du Tibre
Mon nom fait remonter la terreur et l'effroi,
Et son destin encor peut dépendre de moi.
Qu'Antiochus, parjure à sa gloire, à la Grèce,
D'un cœur efféminé nous montre la faiblesse;
D'un sénat turbulent qu'il se montre l'appui,
Et rompe ainsi les nœuds qui m'attachaient à lui:
Rien n'est changé pour moi. Guidé par mon courage,
Dans de nouveaux climats je vais chercher Carthage.
Elle est, pour Annibal, où l'on hait les Romains.
Et tant qu'il restera, pour mes nobles desseins,
Des mortels généreux, qui, pleins de ma colère,
De ce honteux fléau voudront purger la terre,
Ma gloire et mon devoir m'ordonnent à jamais
D'échauffer leur ardeur, de servir leurs projets.

ACILIE.

Ainsi donc, c'est en vain que la terre lassée
Vous demande la paix!

ANNIBAL.

Oui: Rome terrassée
Peut seule mettre un terme à ma juste fureur.

ACILIE.

Tant de haine peut-elle agiter un grand cœur?

ANNIBAL.

C'est l'unique ressort de mon ame indignée.
Elle y vivra toujours: voilà ma destinée.

30

Et si je conçois peu la paix de l'univers,
Et Rome jouissant des maux qu'il a soufferts;
Je conçois moins ce peuple avide de rapine,
Du monde consterné consommant la ruine,
Et le fier Annibal, oubliant ses travaux,
Endormi tristement dans un lâche repos....
Oui : j'aspire à les voir ces murs que je déteste,
Ce Capitole altier, ce monument funeste
De l'orgueil insultant d'un peuple ambitieux,
Cruel par avarice et tyran en tous lieux.
Si le Ciel daigne un jour seconder mon courage,
Ce bras y portera la terreur, le carnage;
L'univers consolé, vengé par ma fureur,
Verra, dans le néant, ce peuple usurpateur
Rentrer sous les débris de ses murs exécrables....
Exaucez, Dieux puissants ! ces vœux inexorables !
Donnez-moi des vengeurs, et faites qu'Annibal
Impose une barrière à ce torrent fatal,
A cet affreux volcan, dont la lave enflammée
Dessèche l'univers ! Que la terre alarmée,
Dont Rome fait sa proie en la tyrannisant,
Me doive son repos, et je mourrai content !...
Madame, vous voyez le courroux qui m'enflamme;
C'en est assez : enfin, vous connaissez mon ame.
D'un roi, que vos appas désarment en ce jour,
Caressez la faiblesse, et couronnez l'amour...
Je vais porter ailleurs la soif de ma vengeance ;
Et, si vous avez pu concevoir l'espérance
Qu'Annibal un instant se pourrait démentir ;
Connaissez mieux ce cœur, que rien ne peut fléchir.

(*Il sort.*)

SCÈNE III.

ACILIÉ, SABINE.

ACILIE.

Quelle noble fierté! quel courage invincible!

SABINE.

Annibal à vos vœux a-t-il été sensible,
Madame? Pouvez-vous espérer que son cœur,
Pardonnant aux Romains?...

ACILIE.

Non : sa juste fureur,
Ses vifs ressentiments, son superbe courage,
Ne peuvent pardonner aux vainqueurs de Carthage.

SABINE.

Ainsi, du vain espoir qu'embrassa votre amour...

ACILIE.

Je le perds, cet espoir, peut-être sans retour.
Mais, tel est le beau feu que ce héros m'inspire,
Qu'oubliant ses rigueurs, j'excuse son délire.
Rome, qui le redoute, et que mes tristes vœux
Placent au premier rang dans mon cœur malheureux,
S'offenserait à tort de ma noble tendresse.
Amante d'un héros, je l'aime sans faiblesse;
Et fidèle à l'amour, je le suis aux Romains.

SCÈNE IV.

MANILIUS, ACILIUS, ACILIE, SABINE, Licteurs.

ACILIE.

Mon père!... Eh bien! ce jour change-t-il nos destins?

ACILIUS.

J'ignore, au moment même où le cri de la guerre
Va bientôt retentir aux deux bouts de la terre,
J'ignore quels desseins et quel nouvel espoir
Font, au roi syrien, desirer de me voir.
Il m'appelle en son camp : je consens à l'entendre :
J'y suis prêt; mais ici, quoi qu'il ose prétendre,
Pour la dernière fois je vais lui répéter
La loi que le sénat a voulu lui dicter.
Peut-être il s'est flatté, qu'à son devoir parjure,
Acilius, cédant au cri de la nature,
Pour briser tes liens, peut oublier enfin
La gloire d'un consul, l'honneur du nom romain.
Dieux de Numa, témoins de ma douleur cruelle,
Vous lisez dans mon cœur mon amour paternelle!
Mais, père ainsi que moi, Brutus, à son pays,
Immola la nature et fit périr son fils.
Donnez-moi ses vertus, soutenez mon courage...
Ma fille, tu languis dans un triste esclavage;
J'achèterais ta vie au prix de tout mon sang.
Mais consul, mais placé dans ce suprême rang,
Tes yeux voudraient-ils voir rougir le front d'un père?

ACILIE.

Vous savez trop combien votre gloire m'est chère!

Ah ! plutôt laissez-moi, dans ces fers impuissants,
Imiter les vertus de mes nobles parents,
Aux rigueurs de mon sort opposer ma constance,
Enfin d'Antiochus démentir l'espérance.

ACILIUS.

Quel est donc son espoir ?

ACILIE.

Ce roi présomptueux
Sur la fille de Rome osa jeter les yeux.
J'en rougis : mais bientôt ce n'est plus un mystère,
Puisqu'enfin aujourd'hui sa flamme téméraire,
Malgré tous mes refus, a conçu le dessein
D'obtenir à-la-fois la paix avec ma main.

ACILIUS.

Se peut-il ?

ACILIE.

Il a cru que la fierté romaine
Pourrait voir sans dédain la pompe souveraine;
Et qu'un père, ébloui par ce titre de Roi,
De céder à ses vœux m'imposerait la loi.

ACILIUS.

Qu'il accepte d'abord la paix qu'on lui propose,
Et que Rome à son tour de ma fille dispose.

ACILIE.

Qu'entends-je ?...

ACILIUS.

Si l'hymen que repoussent tes vœux

De la guerre éteignait les redoutables feux
Et décidait ainsi du sort de la Syrie;
Si Rome à ce monarque accordait Acilie,
J'ai le droit de penser....

ACILIE.

Non : perdez cet espoir,
Mon père; un tel effort n'est plus en mon pouvoir.

ACILIUS.

Explique-toi.

ACILIE.

Ce cœur, qui toujours vous révère,
Ce cœur n'est plus à moi.

ACILIUS.

Sans l'aveu de ton père!
Ma fille! quels affronts m'oses-tu préparer?
Méconnais-tu nos lois?

ACILIE.

Daignez me rassurer.
Mon ame sans détour vous montre sa faiblesse.

ACILIUS.

Quel est donc ce Romain objet de ta tendresse?
Parle : je puis, du moins, s'il est digne de moi...

ACILIE.

Un Romain?...

ACILIUS.

Eh! quel autre eût mérité ta foi!

Quel autre ?...

ACILIE.

Eh ! bien, frappez ; accablez votre fille,
Mon père ; elle a trahi l'espoir de sa famille....
Un barbare...

ACILIUS.

Arrêtez... de ces coupables feux,
Perfide ! oses-tu bien te vanter à mes yeux ?

ACILIE.

Un choix tel que le mien n'a rien qui déshonore.

ACILIUS.

Comment ?

ACILIE.

C'est un héros que votre fille adore.
Rome dut l'estimer, même en le combattant ;
Et j'ai pu sans rougir...

ACILIUS.

De cet indigne amant
Quel est le nom ? quel est son rang et sa patrie ?

ACILIE.

Il suffit de son nom : lui seul me justifie.
L'univers vit en lui le plus grand des humains.
Seul, des enfants de Mars balançant les destins,
Il mérita qu'un cœur enflammé pour la gloire,
Que votre fille enfin lui cédât la victoire.

ACILIUS.

Qu'entends-je ? je frémis de honte et de fureur !

C'est Annibal!...

ACILIE.

Eh! bien, mon père?...

ACILIUS.

O jour d'horreur!
Tu peux me regarder et me nommer ton père!
Il n'en est plus pour toi! crains tout de ma colère.
Qui trahit son pays, indigne de pardon,
Mérite du Ciel même un entier abandon.
Grands Dieux! si vos faveurs, secondant ma vaillance,
De Rome, par mes mains, ont accru la puissance;
Si mes succès heureux, si mes nobles travaux
Ont fait de Scipion oublier le repos,
Dois-je voir en un jour ma gloire évanouie?
Quoi! tu me réservais à cette ignominie,
Fille ingrate! ma honte et mes lauriers flétris
De mes soins paternels devaient être le prix!
Rends grâces à tes fers qui bornent ma puissance
Et suspendent l'effet de ma juste vengeance!
Va cacher loin de moi ton forfait odieux!
Fuis, et que ton aspect ne blesse plus mes yeux!

ACILIE.

Calmez, Seigneur, calmez ce courroux magnanime.
Digne encor de son sang, digne de votre estime,
Votre fille n'a point oublié son devoir.
J'aime; j'en fais l'aveu : mais le plus noble espoir
Enflamma ce cœur pur, à mon pays fidèle.
Plaignez-moi si l'amour put égarer mon zèle.
Une indigne faiblesse, aveuglant ma raison,
Ne me fait point souiller l'honneur de ma maison.
J'ai cru que le repos du héros de Carthage

D'une paix nécessaire était l'unique gage.
Espérant de fléchir ce guerrier généreux,
De Rome triomphante ennemi dangereux,
J'ai tenté d'amener son courage indocile
A venir aux Romains demander un asile.
Carthage l'a banni; Rome peut aujourd'hui,
L'accueillant dans ses murs, s'illustrer avec lui.
Tel fut l'unique vœu que forma ma tendresse.
Romaine sans partage, amante sans faiblesse,
J'ai voulu que l'objet d'un amour vertueux,
Accueilli par mon père, adopté par nos dieux,
Illustré par ce rang que le monde révère,
Ce rang de citoyen, de maître de la terre,
Dans Rome, que son bras alarma tant de fois,
Aux yeux de mon pays justifiât mon choix.
Daignez me seconder : ma gloire est satisfaite.
Unissez aux lauriers qui ceignent votre tête
Du rameau de la paix l'emblême plus heureux,
Et que tout l'univers fixant sur vous les yeux,
Bénissant le repos d'un guerrier magnanime,
Respire et voye enfin refermer cet abîme,
Agrandi chaque jour par le Tibre en fureur.

ACILIUS.

Rien ne peut, Acilie, excuser votre erreur.
Bannissez loin de vous cette indigne espérance.
Songez à votre gloire, expiez votre offense,
Et désarmez un père en abjurant des vœux
Réprouvés par nos lois, en horreur à mes yeux.
Antiochus bientôt en ces lieux va se rendre;
Laissez-nous.

ACILIE.

De vous seul mon destin va dépendre.

J'ose l'abandonner à qui je dois le jour.
Je saurai triompher de mon fatal amour,
Imposer à mon cœur un silence pénible;
Mais un plus grand effort me serait impossible,
Et si Rome ordonnait qu'un autre...

ACILIUS.

Songez-y.
Quand le devoir commande il doit être obéi.
Allez : et, plus docile, à mon regard sévère,
Montrez-vous désormais digne de votre père.

(*Acilie sort avec Sabine.*)

SCÈNE V.

ACILIUS, MANILIUS, Licteurs.

ACILIUS.

Ami, quel sort funeste en ce jour me poursuit!...
Cependant, en ce camp, c'est lui qui me conduit :
Et, par ce que j'apprends, mon ame irrésolue
Retrouve de la paix l'espérance perdue.

MANILIUS.

Eh! bien, qu'a-t-elle donc pour toi de si flatteur?

ACILIUS.

Ecoute : il en est temps. Je vais t'ouvrir mon cœur.
Tu sais, lorsque dans Rome un parti formidable
M'ouvrit du consulat la carrière honorable,
Que les fiers Scipions, par mon heureux succès,

Virent avec dépit renverser leurs projets.
Le sort, contre l'Asie occupant ma vaillance,
Mes travaux du sénat ont passé l'espérance.
Deux fois Nabis, dans Sparte, a vu l'aigle de Mars
Par mes heureuses mains châtier ses remparts.
J'ai rendu des Romains Philippe tributaire,
Rétréci son royaume, et de la Grèce entière
Mon audace a soumis tous les divers états
A voir le peuple-roi terminer leurs débats.
Héraclée en ses murs a reçu mes cohortes;
De vingt autres cités j'ai vu s'ouvrir les portes;
Sous mes pas triomphants l'Etolie aux abois
Frémit et retentit encor de mes exploits.
Par ses rébellions lassant ma patience,
Ses champs ensanglantés attestent ma vengeance.
Enfin, deux fois, j'ai vu le grand Antiochus,
Vaincu par ma valeur, repasser le Taurus.
Que pouvait exiger mon ingrate patrie?
Quel consul, quel guerrier mieux que moi l'eût servie?
C'en était fait; j'allais, en pacificateur,
Terminer la carrière où je marchai vainqueur,
Quand l'éternel rival de la grandeur romaine,
Persécuté, banni de la rive africaine,
Traînant partout l'ardeur qui l'arme contre nous,
Rejoint Antiochus, réveille son courroux.
Il le ramène aux lieux marqués par ma victoire,
Tandis qu'ailleurs, moi-même, occupé par la gloire,
Je laissais ces climats, sur le bruit de mon nom,
Mériter mes bontés par leur soumission.
A ce nom d'Annibal, l'indocile Étolie
Avec le syrien de nouveau se rallie;
Parjure à ses serments, une troisième fois
Sparte ose des Romains méconnaître les lois.

J'accours, déjà ma fille au pouvoir des rebelles
Fait couler vainement mes larmes paternelles.
L'ennemi cependant, au fort de ses succès,
Veut cesser de combattre et demande la paix.
Je profite avec art de la trève jurée,
Et mon camp renforcé, ma flotte réparée,
Me permettent enfin de ne plus redouter
Un combat que d'abord je devais éviter.
Tu m'as vu, de la paix caressant l'apparence,
Tromper d'Antiochus la crédule espérance,
Jaloux, en combattant le plus grand des guerriers,
D'ajouter sa défaite à mes autres lauriers.
Et lorsque ce moment promis à mon courage
Va me rendre vainqueur du héros de Carthage,
Un rival odieux m'enlèverait le prix
De tant d'heureux efforts pour la gloire entrepris!
Les Scipions, sans doute, ont su, par mon absence,
De mes amis, dans Rome, épuiser la constance.
C'est par eux qu'au Sénat un parti triomphant
Dans un collègue altier me nomme un concurrent.
Ce revers imprévu change ma politique.
Si l'un des Scipions a dominé l'Afrique,
C'est assez, et je dois résister à leurs vœux.
Je leur disputerai l'empire de ces lieux.
L'obstacle qu'à la paix j'ai su mettre moi-même
S'aplanit devant nous dans ce moment suprême.
Tu sais que le sénat, approuvant mes desseins,
Exigea qu'Annibal fût remis en mes mains,
Et ne veut qu'à ce prix donner la paix au monde.
Il sera satisfait : le sort qui me seconde
Trompe de mon rival les superbes projets;
Il n'arrive en mon camp que pour signer la paix.

MANILIUS.

Et sur quoi penses-tu que le roi de Syrie
Achètera la paix par cette perfidie?

ACILIUS.

Aveuglé par l'amour, il doit, dans Annibal,
Oublier un héros et frapper un rival.
Persicus peut m'aider à flatter sa faiblesse;
Tu sais comme il nous sert, et quelle est son adresse.
Mais si le roi s'obstine à tromper cet espoir,
L'africain peut encor tomber en mon pouvoir.
Acilie, à ses yeux, a montré l'espérance
De voir, dans Rome même, honorer sa vaillance.
Si de ce rare honneur l'heureuse illusion
Peut flatter son orgueil ou son ambition,
Désarmé par mes soins, le Tibre qu'il menace
Ne redoutera plus sa téméraire audace;
Ainsi, de tous côtés, favorable à mes vœux,
La paix couronnera mes exploits glorieux.

MANILIUS.

Jusqu'ici, partisan d'une éternelle guerre,
Tu pensas qu'aux Romains elle était nécessaire.

ACILIUS.

Oui: Rome en a besoin: sans les divisions
Qui lui livrent le sort de tant de nations,
Tu verrais, sous le poids d'un repos trop funeste
Crouler cette cité que l'univers déteste.
Mais toute crainte cède au danger plus pressant
De partager ma gloire avec un concurrent.
Il n'a rien fait pour Rome, et ce moment prospère

Va démentir bientôt son orgueil téméraire.

MANILIUS.

Je n'ose t'approuver; mais tu connais mon cœur.
Ta fortune est la mienne.

ACILIUS.

On s'avance.

SCÈNE VI.

MANILIUS, ACILIUS, PERSICUS, Licteurs.

PERSICUS.

Seigneur,
Le roi, qui vous attend, m'ordonne de vous dire
Qu'à l'instant, dans sa tente, on peut vous introduire.

ACILIUS.

Il suffit, je vous suis.... secondez mes projets,
Dieux puissants! protégez mes efforts pour la paix.

(*Ils sortent tous.*)

Fin du second acte.

ACTE III.

SCÈNE PREMIÈRE.

SABINE, ACILIE.

ACILIE.

Oui, Sabine : aujourd'hui, par son heureux retour,
Mon père peut, du moins, consoler mon amour.
Il permet à mon cœur encor cette espérance.
Scipion, dans son camp, partageant sa puissance,
Il l'a dû consulter sur ce qu'à mon héros
Rome peut accorder pour payer son repos.

SABINE.

Puisse de ce guerrier la haine trop funeste
Ne trahir ni vos vœux ni l'espoir qui vous reste!
Mais vous a-t-on appris comment Acilius
A tantôt accueilli l'amour d'Antiochus?
Peu sensible, pour vous, à la grandeur suprême,
Aura-t-il refusé l'offre d'un diadême?

ACILIE.

Je n'en ai rien appris : mais, Sabine, crois-moi,
Il n'exigera point que, parjure à sa foi,
Mon cœur, qu'un autre amour remplit de son ivresse,
Aille feindre aux autels une fausse tendresse.
Il sait qu'une romaine, esclave d'un serment,

Échappe à la contrainte, et meurt pour son amant.

SABINE.

On vient.

ACILIE.

Éloignons-nous.

SABINE.

C'est le roi qui s'avance.

ACILIE.

Fuyons.

SCÈNE II.

SABINE, ACILIE, ANTIOCHUS, TIGRAME, Gardes.

ANTIOCHUS.

Quoi! vous semblez éviter ma présence,
Madame! demeurez : rassurez votre amant;
Ne vous dérobez plus à son empressement.
Enivré de l'espoir qui renaît dans son ame,
Qu'il puisse en liberté laisser parler sa flamme.
Grâces à votre père adoptant mes projets,
Il ne sera, bientôt, nul obstacle à la paix.
Il approuve mes feux et l'hymen où j'aspire;
Ainsi que sur mon cœur, régnez sur mon empire.
Confirmez mon bonheur par l'aveu le plus doux;
Ne voyez plus en moi qu'un ami, qu'un époux.

ACILIE.

Seigneur, vous me voyez interdite et confuse.

Je vois avec douleur l'espoir qui vous abuse.
Je vous l'ai déjà dit : à ce fatal amour
Mon triste cœur ne peut accorder de retour.

ANTIOCHUS.

Ainsi, vous m'enlevez jusques à l'espérance !
Cruelle !

ACILIE.

Vengez-vous de mon indifférence.
Je dois être, pour vous, un objet odieux.
Oubliez-moi, Seigneur ; souffrez qu'en d'autres lieux....

ANTIOCHUS.

Oui, je dois vous haïr ; oui, ma flamme outragée
Excite ma colère et doit être vengée.
Lorsque vous m'alléguez une feinte froideur,
Un autre, je le vois, possède votre cœur.
Votre fierté, Madame, est une perfidie.

ACILIE.

Quand le sort dans vos mains fit tomber Acilie,
Vous donna-t-il des droits sur son cœur malheureux?
N'ai-je donc pu, sans vous, disposer de mes vœux?
Si j'aimais, quel reproche auriez-vous à me faire?

ANTIOCHUS.

Ingrate! deviez-vous me cacher ce mystère ?

ACILIE.

Je l'ai dû, je l'ai pu : mes secrets sont à moi.

ANTIOCHUS.

Non : vous deviez....

ACILIE.

Je plains l'état où je vous voi.
Souffrez que, par respect, loin de votre présence...

ANTIOCHUS.

Demeurez : quel est donc ce rival qui m'offense?
Ma jalouse fureur brûle de s'éclaircir.
Si mon cœur sait aimer, ce cœur sait mieux haïr.

ACILIE.

Connaissez mieux, Seigneur, l'ame d'une Romaine.
Si j'ai craint votre amour, je crains peu votre haine :
Et, pour guérir un feu qui fait votre malheur,
Sachez que j'ai déjà disposé de mon cœur.
Que ce pénible aveu que la pitié m'arrache,
D'un amour sans espoir pour jamais vous détache.
Libre, mon cœur eût pu se ranger sous vos lois;
Mais Acilie, hélas! n'aimera qu'une fois.

ANTIOCHUS.

Il est donc prononcé cet arrêt effroyable!
C'en est fait! je succombe à ce trait qui m'accable!

SCÈNE III.

SABINE, ACILIE, ANTIOCHUS, ANNIBAL, TIGRAME, Gardes.

ANNIBAL.

Seigneur, pour le conseil, tous vos chefs incertains
Attendent avec moi vos ordres souverains.

Le jour fuit : il est temps de songer à la guerre.

ACILIE.

Songez, Seigneur, songez aux malheurs de la terre;
Et, loin de dédaigner un repos glorieux,
Que la paix, par vos soins, puisse combler ses vœux.

ANTIOCHUS.

Oui : que de ma fureur la terre retentisse!
Qu'il ne soit plus de paix, et que Rome périsse!
Madame, c'est assez : à mes regards jaloux
Dérobez un objet digne de mon courroux.

(*Acilie sort avec Sabine.*)

Seigneur, les chefs du camp peuvent ici se rendre.

ANNIBAL.

Je cours les rassembler.

ANTIOCHUS.

Leur roi va les attendre.

(*Annibal sort.*)

SCÈNE IV.

ANTIOCHUS, TIGRAME, Gardes.

TIGRAME.

Ah! Seigneur, renoncez à cet hymen fatal.

ANTIOCHUS.

Tigrame! Eh! que peut-elle attendre d'Annibal?

TIGRAME.

Comment?

ANTIOCHUS.

En lui parlant, son ame s'est émue!
Elle a pâli! lui-même a détourné la vue!...
Ah! mon sort s'éclaircit! et le voile odieux
Dont la perfide...

TIGRAME.

Hélas! où s'égarent vos vœux?

SCÈNE V.

ASTUVAL, ANNIBAL, ANTIOCHUS, PERSICUS, plusieurs autres Chefs de l'armée, Gardes, troupe de Carthaginois.

PERSICUS.

Seigneur, auprès de vous votre ordre nous appelle;
Et notre empressement, garant de notre zèle...

ANTIOCHUS.

Prenez place; et qu'ici l'austère vérité
Préside à vos conseils. Parlez en liberté.

(*Il s'assied, tous les chefs l'imitent.*)

Guerriers, le jour finit; et la trève expirée
Va livrer au carnage une vaste contrée.
Jusqu'à ce jour, sans doute, à votre noble ardeur
Ce moment répondit avec trop de lenteur.
Gardez, pour les combats, cette honorable ivresse,

Et ne laissez ici parler que la sagesse.
Je prépare la guerre : on propose la paix.
C'est à vous de juger si mes vrais intérêts,
Si l'intérêt du monde, et de la Grèce même,
Ne me commandent pas, en ce moment suprême,
De mettre un terme heureux à nos sanglants débats,
Et de laisser enfin respirer ces climats.
Le consul va bientôt demander ma réponse;
Sur le sort de la terre il faut que je prononce;
Elle fixe sur moi ses regards inquiets;
Parlez : me convient-il de lui donner la paix?

PERSICUS.

Seigneur, vous le savez : à cette injuste guerre,
J'osai, de tous les temps, me déclarer contraire.
Je vous vis à regret délaisser vos états
Et porter la discorde à ces tristes climats.
La paix doit effacer enfin cette imprudence.
Vous ne savez que trop, par votre expérience,
Qu'au-delà du Taurus, contre Rome affermi,
Le roi des Syriens doit être son ami.
Quel fut, jusqu'à ce jour, le progrès de vos armes?
Vos états dépeuplés et l'Asie en alarmes
N'ont vu qu'avec effroi prodiguer les trésors
Qu'une vaine entreprise obtint de leurs efforts.
La Grèce, pour jamais, à Rome est asservie.
Du Tibre, à mes regards, c'est une colonie.
Vous ne briserez point des fers qu'elle chérit.
Si l'un de ses états à vos armes s'unit,
Un succès vous le livre; un revers vous l'enlève.
Vous l'eussiez éprouvé, sans cette heureuse trève
Qui, de l'Étolien dissipant la terreur,
L'empêcha d'accueillir le Romain en vainqueur.

Sparte vous délaissait, après cette disgrâce.
Philippe, des Romains redoutant la menace,
Ne pouvait persister dans sa neutralité;
Il armait contre vous : ainsi de tout côté,
Entouré d'ennemis, chargé seul d'une guerre,
Où vous ne défendez qu'une cause étrangère,
De vos soldats lassés recueillant les débris,
Vous eussiez éprouvé ce que je vous prédis,
Seigneur, lorsque Annibal, au mépris de mon zèle,
Obtint qu'Antiochus s'armât pour sa querelle,
Aujourd'hui de la paix on vous offre l'espoir!
L'accepter à l'instant est pour vous un devoir.
Rome ne peut jamais épuiser ses ressources;
Mais vous de vos moyens vous tarissez les sources.
Quand vous portez la guerre au bout de l'univers,
Chaque pas, chaque effort est pour vous un revers.
Rome, dans sa grandeur, s'affermit par la guerre.
La guerre l'enrichit des trésors de la terre.
Tout l'or des nations va couler dans son sein.
Mais vous ne poursuivez qu'un succès incertain,
Quand les soldats de Sparte et ceux de l'Etolie,
Ainsi que vos soldats épuisent la Syrie.
Cessez de balancer en ce moment fatal;
Prévenez des combats le dangereux signal,
Et qu'une paix solide et surtout honorable
Soulage vos états du poids qui les accable.

ANNIBAL.

Seigneur, de vos raisons j'admire la candeur!
Rome en effet triomphe, et le Tibre est vainqueur!
L'univers, des Romains trop heureux de dépendre,
Pour prix de ses trésors qu'il ne peut plus défendre,
Doit de ce peuple avide implorer les bontés,

Et demander des fers par la honte achetés!...
Grands Dieux!... d'un Syrien est-ce là le langage?
De votre zèle, enfin, voilà le noble gage,
Persicus! et c'est vous qui portez votre roi
A signer sa ruine, à manquer à sa foi!...
Seigneur! je connais peu cet art dont la puissance
Des faits les plus certains dénature l'essence:
Ressource du mensonge... et de la lâcheté,
Ses prestiges trompeurs cachent la vérité.
Mais je sens, et je vais vous démontrer que Rome
N'attend, pour succomber, que l'effort d'un grand homme.
Je ne m'attache point à prouver que la paix,
Trahissant vos sujets, va vous perdre à jamais.
Une paix avec Rome est toujours incertaine.
Il faut, ou la combattre, ou languir dans sa chaîne.
Le repos n'est point fait pour ce peuple pervers:
Il doit s'anéantir ou dompter l'univers.
Vous le savez, Seigneur, et votre prévoyance
Doit, du monde effrayé, sauver l'indépendance.
Je ne vous dirai point que, contre mon avis,
La trève n'a servi qu'à vos fiers ennemis;
Mais on vous a vanté ces ressources immenses
Qui peuvent les soustraire à vos justes vengeances!...
La richesse de Rome est une illusion
Qui prépare sa chute et sa destruction.
Un revers, et sans doute il n'est pas impossible...
Annibal n'est point fait pour la croire invincible...
Un revers va fermer la source des trésors
Que le Tibre superbe étale sur ses bords.
On la verra tarir, cette source factice,
Lorsque les nations, trompant son avarice,
Voulant du Capitole ébranler le pouvoir,
D'un repos séducteur repousseront l'espoir.

Vos richesses, Seigneur, plus sûres, plus réelles,
Renaissent dans l'amour de vos peuples fidèles.
Vos sujets, trop heureux de vos nobles efforts,
Ne peuvent regretter l'emploi de ces trésors
Qui, secondant vos vœux, servant votre courage,
Préservent leurs foyers du plus vil esclavage.
Mais Rome contre vous n'arme que des héros!
Et la victoire marche où marchent leurs drapeaux!

(Il se lève.)

Seigneur, vous le savez : le grand art de la guerre
Demande un chef heureux, habile et téméraire.
Un guerrier valeureux fait de hardis soldats,
Et force la victoire à suivre tous ses pas.
Je vois, sous vos drapeaux, une troupe fidèle,
Des soldats belliqueux, remplis du plus beau zèle;
Et si vous demandez comment ces fiers Romains
Peuvent s'humilier sous l'effort de vos mains,
Daignez considérer la brillante carrière
Que s'ouvrit, à vingt ans, mon audace guerrière.
Lorsque je l'attaquai, dans toute sa vigueur,
Ce peuple, qu'affaiblit, que lassa ma valeur,
M'opposa des guerriers enivrés de leur gloire,
Qui toujours devant eux avaient vu la victoire.
Carthage, en confiant sa vengeance à mon bras,
M'offrit son opulence, et non pas des soldats.
De brigands sans patrie une troupe affamée,
Rebut des nations, composa mon armée.
Je marchai contre Rome; et ce faible secours
Ne put de mes desseins interrompre le cours.
Je parus, et mon bras vengea les Pyrénées;
Rome en frémit : bientôt les Alpes prosternées,
Inclinant sous mes pas leur front majestueux,

Retentirent au loin de mes travaux heureux.
J'ai frappé les Romains du couchant à l'aurore ;
Et, teintes de leur sang, les mers disent encore
Que la terre vingt fois a cru voir le moment
Où Rome succombait sous mon bras triomphant.
C'est à vous que les Dieux ont réservé la gloire
D'effacer Annibal, d'achever sa victoire...
Vengez, vengez le monde, et comblez son espoir,
Pour vaincre les Romains, il ne faut que vouloir.
Je n'examine point quel est, pour cette guerre,
Le plan le plus propice au salut de la terre.
Il s'agit de la paix, en ce débat fatal:
Guerre, guerre aux Romains! c'est le cri d'Annibal.

(*Il s'assied.*)

SCÈNE VI.

LES PRÉCÉDENTS, TIGRAME.

TIGRAME.

Seigneur, Acilius vous demande audience.

ANTIOCHUS.

Qu'il paraisse.

ANNIBAL.

Souffrez qu'évitant sa présence...

ANTIOCHUS.

Demeurez, Annibal. Voyons quel est le prix
Que mettent à la paix nos communs ennemis.

SCÈNE VII.

LES PRÉCÉDENTS, ACILIUS, MANILIUS, conduits par Tigrame, et précédés par les Licteurs.

ACILIUS.

Antiochus, je viens, au nom de ma patrie,
Vous présenter la paix qu'appelle la Syrie.
Si l'amitié de Rome a de quoi vous flatter,
Voici ce qu'à l'instant vous devez accepter.
Le rebelle Nabis a lassé sa clémence.
Elle veut à jamais renverser sa puissance.
Sparte, sous un prêteur, sujette des Romains,
Ne s'opposera plus à leurs sages desseins.
L'Étolien soumis livrera dix otages,
Tandis que, pour sceller la paix de ces rivages,
Les murs de ses cités et ses forts démolis,
De ses rébellions seront le digne prix.
Le Taurus, cependant, marquant votre frontière,
Entre l'Europe et vous servira de barrière.
Mais, pour que le traité qui va nous réunir,
De votre foi, Seigneur, puisse la garantir,
Elle exige, surtout, que vous juriez d'avance
De renoncer, pour elle, à toute autre alliance;
Et que, sans son aveu, vous ne puissiez jamais
Entreprendre la guerre ou conclure la paix.
Ce n'est pas tout encor. La haine d'un seul homme
Peut prolonger l'effet des vengeances de Rome.
Elle veut d'Annibal terminer les malheurs.
Elle offre à ce guerrier un sort et des honneurs
Dignes de ses travaux, dignes de son courage.
Mais il doit, pour jouir d'un si brillant partage,

A ma foi, dans mon camp, se livrer aujourd'hui.
Sur son refus, Seigneur, vous répondez de lui.
Ce jour passé, pour nous il n'est plus qu'un rebelle.
Pour enchaîner enfin sa haine criminelle,
En signant nos accords, vous devrez en mes mains
Livrer un furieux proscrit par les Romains.

ANNIBAL, *se levant indigné, et prenant bientôt l'ironie.*

Un proscrit tel que moi peut braver leur menace!...
Mais ils daignent m'offrir un asile et ma grâce?
Leur générosité me désarme! et je dois
Leur céder la victoire en recevant leurs lois...
Seigneur, vous l'entendez!... un jour d'ignominie
D'un siècle de repos va doter la Syrie!
L'amitié des Romains, aux yeux de l'univers,
Si vous les acceptez, ennoblira vos fers!
Que tardez-vous? courbez, sous un joug honorable,
Un front jusqu'à ce jour trop fier, trop redoutable;
Abjurez des serments que vous dicta l'honneur,
Et d'un consul de Rome acceptez la faveur!
Pour moi, sous vos drapeaux, je ne fus qu'un rebelle.
Mais je vous trahirais en vous restant fidèle.
Soldat sans gloire, il faut que j'accepte à genoux
Le pardon généreux qu'on m'offre ainsi qu'à vous.
Vous répondez de moi?... disposez de ma tête...
Seigneur, où sont vos fers? Parlez : ma main est prête.

ANTIOCHUS, *en se levant.*

Guerriers, que tout s'apprête ici pour les combats.
Romain, de tes hauteurs à la fin je suis las.
Tu crois par tant d'orgueil déguiser ta détresse!
Va : tes prétentions décèlent ta faiblesse.

Du repos, plus que moi, Rome sent le besoin.
La guerre désormais est mon unique soin.
Retourne vers les tiens. Dis-leur que mon courage
Dans leur sang odieux lavera cet outrage.

ANNIBAL, *s'avançant vers Antiochus.*

Seigneur, voulez-vous bien écouter mon avis?

ACILIUS, *bas à Persicus.*

Je ne veux qu'un instant...

PERSICUS.

Il suffit : je vous suis.

(*Le Consul sort avec ses Licteurs et Manilius.*)

SCÈNE VIII.

LES PRÉCÉDENTS, excepté Acilius et sa suite.

ANTIOCHUS.

Reprenez votre place, et que notre sagesse
Dispose le combat qui doit sauver la Grèce.

ANNIBAL.

De son succès, Seigneur, je suis loin de douter.
Mais souffrez qu'Annibal ose vous répéter
Ce que de tous les temps sa prudence importune
Osa vous suggérer pour fixer la fortune.
Rome, loin de ses murs portant ses étendarts,
Se complaît dans la guerre et craint peu ses hasards.

Vous la vaincrez cent fois sans la voir abattue.
Vers ses propres remparts osez tourner la vue.
Là, vingt peuples divers appellent un vengeur,
Et vont vous accueillir comme un libérateur.
Dédaignez dans la Grèce une gloire facile.
Ménagez vos efforts pour un plan plus utile
Et, laissant au consul l'empire de ces lieux,
Allez montrer au Tibre un front victorieux.
Votre flotte, en dix jours, peut du rivage attique
Mouiller facilement au golfe adriatique.
La flottante cité que bâtit Anténor
Vous offre en Italie un favorable abord.
Tandis qu'Acilius, enivré de sa gloire,
Croyant à votre fuite, et sûr de sa victoire,
D'un succès éphémère osera s'applaudir,
Sous vos heureux drapeaux vous verrez accourir
Des peuples qui, lassés du joug qui les opprime,
S'armeront pour servir un projet magnanime.
Dans un mois, par vos mains, sous ses toits embrasés,
Rome peut expier les maux qu'elle a causés.
Pensez-vous qu'un sénat parjure et tyrannique
Conserve quelque appui sur la rive italique?
Il n'a que des sujets et non pas des amis.
Paraissez : des Romains les destins sont remplis.
Je ne vous dirai point, Seigneur, que ma présence
Assurera vos coups en servant ma vengeance;
Vous le savez : et Rome, en ce moment fatal,
Va tomber à vos pieds au seul nom d'Annibal.
Dès long-temps à le craindre elle est accoutumée,
Et ce nom, près du Tibre, est lui seul une armée.
Ce projet étonnant, mûrement concerté,
Paraît appartenir à la témérité.
Mais il est des instants marqués par le courage,

Où le plus téméraire est encor le plus sage.
La médiocrité, compagne de la peur,
Consulte la prudence, et marche avec lenteur;
Mais le génie altier voit le but et l'embrasse,
Et pour lui le succès est le prix de l'audace.

ANTIOCHUS.

De vos nobles projets je conçois tout le prix;
Mais je ne fuirai point devant mes ennemis.
Et, sans chercher à Rome une gloire lointaine,
Mon bras de l'univers saura briser la chaîne.
Déjà l'astre du jour, tombant sous l'horizon,
Nous éclaire à regret de son dernier rayon;
Les ombres de la nuit, bientôt, sur ce rivage,
Vont ramener la guerre et l'instant du carnage.
Attaquons les Romains dans ces premiers moments,
Et portons la terreur dans leurs retranchements.

(*Il se lève.*)

Je commande le centre : et vous, sur mes deux ailes
Dirigeant la valeur de mes troupes fidèles,
Portez des coups si sûrs, que le soleil demain
Vainement sur ces bords cherche le camp romain.

(*Il sort avec tout le conseil.*)

Fin du troisième acte.

ACTE IV.

SCÈNE PREMIÈRE.

ACILIE, SABINE.

ACILIE.

Mon sort est décidé, tout espoir m'abandonne.
Je ne puis supporter l'horreur qui m'environne.
Plus de paix pour mon cœur. Mon malheureux amour,
Mon père, mon pays, l'agitent tour-à-tour.
La guerre, en rallumant ses feux que je déteste,
A lassé mon courage en ce jour si funeste;
Et mes vœux éperdus ne savent entrevoir
Où doivent les fixer ma flamme et mon devoir.

SABINE.

Madame, surmontez une vaine tendresse
Qui ne peut d'Annibal adoucir la rudesse.
Après tous ses éclats, vous espérez en vain
Que la guerre ou la paix changent votre destin.

ACILIE.

Qu'importe le destin que le ciel me prépare !
Je le vois : contre moi sa rigueur se déclare.
Je n'en murmure point; je subirai sa loi.
Mais n'ai-je, hélas! Sabine, à craindre que pour moi?
Rome, dans ses projets, l'un à l'autre contraires,

N'a que les passions des états populaires.
Au gré des intérêts de mille ambitieux,
Elle veut tout courber sous son joug orgueilleux.
A quoi lui servirait cet excès de puissance?
Le bonheur ne gît point dans cette effervescence
Qui, sans cesse, agitant le peuple et le sénat,
Livre à des cœurs aigris les destins de l'État.
Peut-être qu'Acilie, entre Annibal et Rome,
Prend trop légèrement le parti d'un grand homme;
Mais, pour m'en préserver, mes soins sont superflus.
Sa haine est, à mes yeux, une vertu de plus.
Je la partagerais si je n'étais Romaine.
Le monde entier doit-il ramper dans notre chaîne,
Avant que le repos lui puisse être permis?
Compterons-nous enfin parmi nos ennemis
Tout prince qui, jaloux de son indépendance,
Osera s'indigner de tant de violence?

SABINE.

Madame, votre amour vous égare!

ACILIE.

Non, non:
L'amour n'impose point silence à ma raison.
Garde-toi d'outrager la plus noble tendresse.
Ce penchant généreux ne serait que faiblesse,
S'il me pouvait ainsi déguiser mon devoir.
Qu'aimai-je en Annibal? et quel fut mon espoir?
Je n'aimai que sa gloire, et ma seule espérance
Fut d'éteindre en son cœur tout desir de vengeance;
Et d'ôter aux Romains un prétexte odieux
Pour semer la discorde et la guerre en tous lieux.
Le dirai-je? un orgueil qui flattait ma pensée,

Charmait l'illusion que j'avais caressée.
Je ne me cachais point comment de si beaux feux
Seraient jugés, d'abord, par de vulgaires yeux;
Mais, si Rome pouvait un moment s'y méprendre,
Elle devait bientôt en rougir, et comprendre
Que son seul intérêt... Où courent ces soldats?

(*Des corps de troupes traversent en désordre le théâtre pour aller soutenir Antiochus, aux prises avec les Romains. Sabine va s'instruire de la cause de ce mouvement, et revient à Acilie.*)

SABINE.

Antiochus succombe : et votre père...

ACILIE.

Hélas!
En l'état où je suis, insensible à sa gloire,
Mon cœur frémit et craint de pleurer sa victoire.

SCÈNE II.

SABINE, ACILIE, TIGRAME, Gardes.

TIGRAME.

Madame, Antiochus, incertain si le sort
Favorable aux Romains va tromper son effort,
M'envoie auprès de vous, en ce désordre extrême,
Et m'ordonne à vos pas de m'attacher moi-même.
Vous êtes sous ma garde.

ACILIE.

Et que craint votre Roi?

Une fuite honteuse est indigne de moi.

TIGRAME.

Il craint que les Romains, achevant sa défaite,
N'osent jusqu'en ces lieux poursuivre sa retraite;
Et je dois avec vous, dans ces périls nouveaux,
Pour vous mettre à couvert, regagner ses vaisseaux.
Ses ordres que j'attends...

ACILIE.

O triste destinée !
Sous quels astres cruels faut-il que je sois née !
C'en est donc fait ! ô vous à qui je dois le jour,
Mon père ! je vais donc vous perdre sans retour !
Au bout de l'Univers, sans parents, sans patrie,
Je vais traîner, hélas ! ma languissante vie !
Fers honteux !... Mais que fait le farouche Annibal?
L'auteur de mes tourments !

TIGRAME.

En cet instant fatal,
Sous les coups des Romains il succombe, peut-être.
Je l'ignore, Madame. A côté de mon maître,
Dans cette horrible nuit, dans cet affreux chaos,
Pouvais-je mesurer tout l'excès de nos maux ?
Vers le camp ennemi nous marchions en silence.
Nous pensions le surprendre, et notre impatience,
Accusant la lenteur de nos pas mesurés,
Semblait nous garantir des succès assurés.
Tout-à-coup dans les airs mille cris retentissent;
La terre, les forêts, les rochers en frémissent.
Cependant nos soldats, incapables d'effroi,
Fondent sur les Romains à la voix de leur Roi.

Déjà d'Antiochus le courage immobile
Enchaînait la victoire à ses ordres docile;
Les Romains, repoussés vers leurs retranchements,
Échappaient par la fuite à nos coups triomphants;
Bientôt (de nos revers trop sinistre présage !)
On dit que Persicus, trahi par son courage,
Du piége des Romains n'a pu se garantir.
Déjà de tous côtés nous voyons accourir
Des soldats éperdus dont la foule alarmée
Vient jeter le désordre au centre de l'armée.
Attaqué par son flanc, le brave Antiochus
Fait, pour se soutenir, des efforts superflus.
L'ennemi qui, d'abord, lui cédait l'avantage,
S'arrête, se rallie, et retourne au carnage;
Et, par ce double choc, nos guerriers aux abois,
De leurs valeureux chefs méconnaissent la voix.
C'est alors que du Roi la tendresse inquiète,
Tandis qu'il ménageait une sage retraite,
A voulu que mon zèle et ma fidélité
Veillassent près de vous à votre sûreté.

ACILIE.

Ainsi, vous ne pouvez calmer l'inquiétude
Qui s'accroît dans mon cœur par mon incertitude ?...
Ce héros !...

TIGRAME.

Qui ? Madame.

ACILIE.

Hélas !... Acilius
En ce moment, Seigneur, peut-être ne vit plus.

TIGRAME.

Je crois que de sa mort la nouvelle imprévue
Serait jusques à moi promptement parvenue ;
Et je ne pense pas.... Antiochus paraît.

ACILIE.

Mes yeux ! de mes tourments cachez-lui le secret.

SCÈNE III.

SABINE, ACILIE, ANTIOCHUS, TIGRAME, Gardes.

(*Antiochus à des soldats qui traversent le théâtre.*)

D'un perfide repos qu'on se préserve encore,
Amis. En attendant le retour de l'aurore,
Que tout le camp debout, prompt à le repousser,
Si l'ennemi paraît, soit prêt à le chasser.
Si les détachements qu'a placés ma prudence
Peuvent calmer enfin ma juste impatience,
Et viennent m'éclairer sur le sort d'Annibal,
Soyez prêts à me suivre à mon premier signal.

ACILIE.

Dieux cruels ! tout accroît et mon trouble et ma crainte

ANTIOCHUS.

Madame, pardonnez un instant de contrainte ;
Le péril me pressait, et je ne devais pas
Commettre mon bonheur au hasard des combats.
Mais je respire enfin de ce désordre extrême ;

Allez : vous n'avez plus de garde que vous-même.

(*Acilie et Sabine sortent.*)

SCÈNE IV.

ANTIOCHUS, TIGRAME, Gardes.

ANTIOCHUS.

Il est donc vrai, Tigrame ? et ton malheureux Roi,
La honte sur le front, reparaît devant toi !
Les Romains, cette fois, ont déçu ma prudence ;
De mes desseins, sans doute, ils ont eu connaissance !
Je compte les surprendre; et, moi-même trompé,
Dans un piége grossier je suis enveloppé !...
L'imprudent Persicus est tombé dans leur chaîne...
Sans ce cruel revers, leur chute était certaine.
Je triomphais déjà ; mais j'ai bientôt perdu
Ce succès d'un moment, et j'en suis confondu.
Quel désordre ! jamais il n'en fut de semblable !
J'ai cru long-temps, j'ai cru ma perte inévitable;
Et je ne comprends pas comment Acilius
A laissé respirer mes soldats éperdus.
S'il eût jusques au bout accompagné leur fuite,
J'eusse à peine échappé moi-même à sa poursuite ;
Et mes tristes débris, emportés sur les mers,
Auraient vu retomber la Grèce dans les fers.
Mais que fait Annibal ? il partage sans doute
Ma défaite, ou plutôt ma honteuse déroute.
Égaré par la nuit, surpris par les Romains,
Ainsi que Persicus, il est entre leurs mains.
Ce malheur, cher ami, serait irréparable !

Je frémis d'y penser, et sa perte m'accable.

TIGRAME.

Ainsi, vous oubliez la jalouse fureur....

ANTIOCHUS.

Je pense à retrouver mon plus sûr défenseur.

TIGRAME.

Le jour pourra bientôt éclaircir votre doute;
Et je me réjouis que votre amour....

ANTIOCHUS.

Écoute :
Connais tous les tourments dont je suis combattu,
Et vois ce que l'amour me coûte de vertu.
Vainement Acilie et me brave, et m'outrage;
Au milieu des combats je portais son image.
Elle me suit partout, et mon heureux rival
Doit mourir de mes mains, fût-ce même Annibal.
Mais, contre ce héros, une vaine apparence
A trompé mon courroux, et ce soupçon l'offense.
Sa haine contre Rome est un gage assuré
Que l'amour à ce point ne l'a pas égaré.
J'abandonnai bientôt cette erreur passagère,
Lorsque, dans le conseil, sa vigueur ordinaire
Offrit à mon audace un généreux dessein
Pour détruire, en un jour, jusques au nom romain.
Tigrame, de l'objet à qui l'amour nous lie,
Nous ne pouvons ainsi détester la patrie.
Je l'éprouve moi-même; et, sans cette hauteur
Qui, contre les Romains, ralluma ma fureur,
Poussé, par ma faiblesse, à terminer la guerre,

J'allais avec transport pacifier la terre.

TIGRAME.

La terre en a besoin, Seigneur; et cette paix...

ANTIOCHUS.

Je le sens; mais, hélas! que peuvent mes souhaits?
Tu vois où m'a réduit la fortune cruelle.
Irai-je mendier une honte nouvelle?

SCÈNE V.

ASTUVAL, ANNIBAL, ANTIOCHUS, TIGRAME, Gardes, Soldats à la suite d'Annibal, chargés de dépouilles romaines.

ANNIBAL.

La victoire est à vous, Seigneur, et les Romains
Viennent de succomber sous l'effort de nos mains.

ANTIOCHUS.

Qu'entends-je?

ANNIBAL.

Scipion, malgré sa résistance,
De ces braves soldats éprouvant la vaillance,
Vainement de son camp a recherché l'appui.
Dans ses retranchements pénétrant après lui,
Nos bras ont renversé ceux qui, trop téméraires,
Osaient nous disputer d'en franchir les barrières;
Les autres, éperdus, fuyant de toutes parts,
Nous ont abandonné leurs sanglants étendards.
Cependant, profitant de tout notre avantage,

Nous remplissons ce camp de sang et de carnage.
Ces Romains tant vantés cèdent à notre effort,
Nous demandent la vie, et reçoivent la mort.
Nul n'est resté debout, et déjà notre épée
Dans le sang s'indignait de n'être plus trempée...
A l'instant vos dangers parviennent jusqu'à moi;
Je m'élance, j'accours, et je porte l'effroi
Dans les rangs du consul qui, malgré sa surprise,
Voyait entre vous deux la victoire indécise.
Forcé de se défendre, il ne vous combat plus;
Lui-même est accablé de nos coups imprévus.
A ses meilleurs guerriers trop heureux de survivre,
De ma fureur enfin la fuite le délivre.

ANTIOCHUS.

Que ne vous dois-je pas, Seigneur ?

ANNIBAL.

Antiochus,
Voilà vos ennemis à vos pieds abattus.
Vous disposez enfin du sort de l'Étolie.
Méritez ce succès; volez en Italie.
Vous-même, allez, Seigneur, annoncer au sénat
La honte des Romains en ce dernier combat.
Je vous l'ai déjà dit: c'est là que la victoire
Doit, de votre grand nom, consacrer la mémoire;
C'est là que, pour jamais, ce peuple impérieux....

SCÈNE VI.

LES PRÉCÉDENTS, PERSICUS.

ANNIBAL.

Mais, que vois-je ? comment ! Persicus en ces lieux !
On disait que, malgré son courage et son zèle,
Captif d'Acilius....

PERSICUS.

Oui : cette nuit cruelle
A vu de mes efforts triompher les Romains... (*A Antiochus.*)
Seigneur, des deux partis les succès incertains
Laissant encor douter du sort de cette guerre,
J'ai cru devoir, pour vous, de mon zèle sincère
Auprès de Scipion essayer les effets.
Il ne refuse plus de traiter de la paix.
Acilius et lui m'ont donné l'espérance
Que, pour faire avec vous une heureuse alliance,
Ils pourront écouter vos propositions,
Et retrancher enfin à leurs prétentions.
Libre par mon serment, Seigneur, j'ai l'avantage
De venir à mon roi, chargé de leur message,
Proposer de leur part un dernier entretien.

ANNIBAL.

Je vois qu'à votre gloire il ne manque plus rien,
Persicus ! et je sens tout ce que votre maître
Doit, en effet, aux soins que vous faites paraître !
Comment ! Acilius aurait cette candeur !
Il veut bien confesser qu'il n'est pas le vainqueur !...

Mais tandis qu'entouré des débris de ma rage,
Il m'ose du combat disputer l'avantage,
Après tant de hauteur qu'il a fait éclater,
D'où vient que, plus modeste, il consent à traiter?

PERSICUS.

Seigneur, des deux partis, en cette nuit terrible,
La perte fut égale et le carnage horrible,
Si l'on m'a fait, du moins, un fidèle récit.

ANTIOCHUS.

On a d'un faux rapport abusé votre esprit,
Persicus; mais je veux oublier cette offense:
Puisqu'on parle de paix, je suspends ma vengeance.
Le consul peut venir; je l'attends.

ANNIBAL.

Quoi! Seigneur!
Vous pourrez?...

ANTIOCHUS.

Annibal, modérez cette ardeur.
Je ne flétrirai point votre heureuse victoire,
Et la paix peut encore augmenter votre gloire.
Vainqueur, c'est aux Romains à recevoir ma loi,
Et je n'oublîrai rien de ce que je vous dois.

ANNIBAL.

Non, non: de cette paix ma haine se détache;
Jamais Rome, de moi, n'obtiendra de relâche.
Seul, je lui fais la guerre. Oui, quand tout l'univers
S'unirait contre moi pour accepter ses fers,

On verrait Annibal, avide de vengeance,
Seul, jusqu'aux bords du Tibre, affronter sa puissance...
Guerriers ! de nos exploits la paix serait le prix!
Souffririez-vous qu'ainsi vos lauriers soient flétris !
Vous, dignes héritiers de l'honneur de Carthage!
Amis, dont la constance a nourri mon courage!
Pourriez-vous supporter, après tant de travaux,
L'existence de Rome et ce lâche repos ?...
Non : je jure... par vous... (et ce choix vous honore)
De mourir l'ennemi des Romains que j'abhorre.
Jurez tous de m'aider à venger nos malheurs.
Croyez-moi, la vengeance est le dieu des grands cœurs.

ASTUVAL, *à la tête des siens qui expriment leur adhésion.*

Nous le jurons.

NOTA. *Peut-être devrait-on ne faire de ce serment qu'un cri général.*

ANNIBAL.

Eh bien ! Rome en vain nous menace...
Seigneur, abaissez-vous à lui demander grâce !
Si vous pouvez cesser d'être son ennemi,
Oubliez Annibal ; il n'est plus votre ami.

(*Il sort, suivi des siens.*)

SCÈNE VII.

PERSICUS, ANTIOCHUS, TIGRAME, Gardes.

ANTIOCHUS.

Va : je saurai dompter ce courage indocile!
Eh ! que pourra, sans moi, ta fureur inutile?

(*A Persicus.*)

Hâtez-vous : retournez au camp d'Acilius.
Qu'il vienne. Pour la paix je ne balance plus.
Dites-lui que, si Rome, expiant ses outrages,
Ne me disputant plus ces malheureux rivages,
Cesse sur l'Orient toute prétention;
Si l'Occident suffit à son ambition,
Il peut tout espérer, il peut tout se promettre.
Allez. Soyez prudent, et servez votre maître.

(*Persicus sort.*)

SCÈNE VIII.

ANTIOCHUS, TIGRAME, Gardes.

TIGRAME.

Seigneur, dans vos desseins quel changement flatteur!

ANTIOCHUS.

Ami, deux passions s'agitent dans mon cœur.
L'amour... et tu connais jusqu'où va son délire!
Mais un feu plus cruel lui dispute l'empire.

Tu le sais trop : mon cœur, au seul nom d'Annibal,
Dans ce guerrier fougueux me désigne un rival.
Non celui que, tantôt, ma honteuse faiblesse
Croyait être un obstacle à ma vaine tendresse;
Mais celui qui, toujours, au chemin de l'honneur
Me presse, me devance, et marche mon vainqueur.
Dois-je te l'avouer? son effort magnanime,
Qui ferme sous mes pas un effroyable abîme,
M'a rendu plus amer ce poison odieux.
Son triomphe me pèse, en comblant tous mes vœux.
Désormais, je ne puis prétendre à la victoire,
Sans voir, sur Annibal, tomber toute ma gloire;
Et, tant que je serai l'ennemi des Romains,
Malgré moi, je le vois embrasser mes destins.
La paix doit me sauver de ce honteux délire;
Elle peut assurer cet hymen où j'aspire;
Qu'elle soit désormais mon plus précieux soin.
Je ne balance plus : tout m'en fait un besoin.
Hélas! de tes succès, Rome, voilà la cause!
Le poison de l'envie à ta chute s'oppose.
Lève une tête altière, et cesse de trembler.
Tes propres ennemis craignent de t'accabler.
Tout devrait les unir contre ton arrogance;
Mais leurs rivalités cimentent ta puissance.
Tu le vois : je te cède au fort de mes succès;
Et vainqueur, mais jaloux, je t'accorde la paix.

SCÈNE IX.

ASTUVAL, ANTIOCHUS, TIGRAME, Gardes.

ASTUVAL.

Seigneur, des Syriens égarés dans la plaine,

Que l'effroi dispersa, que le calme ramène,
Parlent de trahison, et nomment Persicus.
Ils disent qu'aux Romains tous vos secrets vendus
Ont préparé le piége où cette nuit cruelle
Les a vus succomber sous un chef infidèle.

ANTIOCHUS.

Je vais, sur tous ces bruits, moi-même m'éclaicir.
Le traître, ou l'imposteur, je saurai les punir.

(*Ils sortent.*)

Fin du quatrième acte.

ACTE V.

SCÈNE PREMIÈRE.

ANTIOCHUS, ANNIBAL, Gardes.

ANNIBAL.

Je ne combattrai plus l'erreur qui vous égare ;
D'un ami des Romains ma haine me sépare.
Je le dois à ma gloire : et dût Antiochus
N'être, pour Annibal, qu'un ennemi de plus,
Je lui ferai, du moins, estimer ma constance.
Si la terre s'obstine à trahir ma vengeance,
Si son lâche abandon, complice des Romains,
La courbe sous leur joug en désarmant mes mains,
Libre, et dans les déserts cherchant une patrie,
Mon nom surnagera sur tant d'ignominie.

ANTIOCHUS.

Annibal, laissez-moi vous parler sans détour.
Je vous vis avec joie arriver dans ma cour ;
Jaloux de mériter l'amitié d'un grand homme,
Je voulus vous venger de Carthage et de Rome.
Je voyais, dans la paix, prospérer mes états ;
Je la rompis pour vous et courus aux combats.
Notre cause triomphe enfin, et la victoire
Met le comble à vos vœux ainsi qu'à votre gloire.
Déjà Rome, elle-même, expiant sa fierté,

Se courbe sous la loi de la nécessité.
Elle accepte à genoux la paix que je lui donne,
Et mérite qu'enfin ma bonté lui pardonne.
Quel triomphe plus grand attendiez-vous de moi?
Seigneur, vos ennemis, en recevant ma loi,
Ont marqué votre place au sein de la Syrie.
Ma cour doit désormais être votre patrie.

ANNIBAL.

Je rends grâce, Seigneur, à ce généreux soin;
Mais, pour fixer mon sort, je n'irai pas si loin.
Je ne veux point troubler l'espoir qui vous abuse;
Roi, je rougis pour vous; homme, je vous excuse.
Dans les bras de l'amour, forgez, forgez les fers
Dont Rome, grâce à vous, chargera l'univers.
Je ne vous dirai plus quels regrets vous apprête
Le myrte qui, bientôt, va parer votre tête.
De l'ivresse des sens la gloire est le poison,
Et mes conseils ici seraient hors de saison.
Régnez sujet du Tibre, et gardez-vous de croire
Que, lâche adulateur, infidèle à ma gloire,
Je demeure témoin de ce pacte honteux.
Si j'ai pu supporter un exil rigoureux;
Si, loin de mes foyers, dans des cours étrangères,
Le mépris, trop souvent, a comblé mes misères;
Enfin si mes malheurs, accusant les Romains,
N'ont pu de l'univers conjurer les destins,
Je vous rends vos serments, pour absoudre un parjure,
Et je me charge seul de venger mon injure.

ANTIOCHUS.

Quels sont donc vos desseins?

ANNIBAL.

De mourir sans rival;
De faire au monde entier respecter Annibal;
D'obtenir que mon nom, répété d'âge en âge,
Soit la honte de Rome et l'honneur de Carthage.

ANTIOCHUS.

Seigneur, lorsqu'aux Romains je vais dicter la paix,
Je dois vous détourner d'accomplir des projets
Qui semblent menacer le repos de la terre.
Je l'ai promis : je veux mettre un terme à la guerre.
Malgré vous, je saurai contenir votre bras.
Mes bienfaits, dans ma cour, doivent fixer vos pas.
Si vous les refusez, songez que ma puissance
Peut enfin mettre un terme à tant de violence.

ANNIBAL.

Eh! depuis quand, Seigneur, suis-je votre sujet?
De ces soins prévoyants quel peut être l'objet?
Ainsi, vous prétendez commander à ma haine
De partager l'horreur d'une honteuse chaîne
Dont je rougis pour vous, dont je frémis pour moi!
Êtes-vous mon vainqueur? Vous croyez-vous mon roi?

ANTIOCHUS.

Non : je suis votre ami, qui prétend vous contraindre
A cesser de haïr, à cesser de vous plaindre.
Sage médiateur de Rome et d'un héros,
Je prétends vous forcer l'un et l'autre au repos,
Et de vos longs débats tarir ainsi la source.

ANNIBAL.

Pour ce noble dessein voilà votre ressource!

Vous menacez! et, fier de vos nombreux soldats,
Vous pensez que la crainte enchaînera mon bras!
Connaissez mieux, Seigneur, mon âme indépendante.
Il n'est qu'un seul moyen de remplir votre attente.
Que Rome, réprimant son orgueil effréné,
Laisse enfin respirer l'univers consterné;
Que des sources du Rhin aux rives du Bosphore,
De l'or des nations la soif qui la dévore,
Renonce à dépouiller tant de peuples divers,
Comme reine du monde et maîtresse des mers;
Que le vaste Océan, désormais rendu libre,
Ne roule plus ses flots en esclave du Tibre;
A ce prix, Annibal se condamne au repos,
Et renonce à sa haine, ainsi qu'à ses travaux.
Mais, flattant son orgueil, servant son avarice,
Vous osez espérer m'en rendre le complice!
Je ne puis plus long-temps endurer cet affront,
Et mon départ, Seigneur, ne peut être assez prompt.

(*Il sort.*)

SCÈNE II.

ANTIOCHUS, TIGRAME, Gardes,

ANTIOCHUS.

Tigrame, hâtez-vous de servir ma prudence.
Courez, il en est temps, punir tant d'arrogance...
Mais le Consul paraît...

SCÈNE III.

ANTIOCHUS, TIGRAME, ACILIUS, MANILIUS, Licteurs, Gardes.

ACILIUS.

Appelé par vos vœux,
Vous savez l'intérêt qui m'amène en ces lieux,
Seigneur....

ANTIOCHUS.

Dans un moment je pourrai vous entendre;
Mais Rome est menacée et je dois la défendre....
Tigrame, allez porter mes ordres souverains,
Qui doivent d'Annibal prévenir les desseins:
Suivez-moi. Vous, Seigneur, souffrez que je vous laisse.
Peu d'instants suffiront à ce soin qui me presse.

(*Il sort avec Tigrame.*)

SCÈNE IV.

ACILIUS, MANILIUS, Licteurs.

ACILIUS.

Enfin, Manilius, après tant de revers,
Ce jour va ramener la paix de l'univers.
D'un rival importun il trompe l'espérance;
Il conserve ma gloire et venge mon offense.
Scipion qui, lui seul, dans cette affreuse nuit,
De mes premiers succès m'a fait perdre le fruit,
Dévore, dans son cœur, la honte qui le presse;
Mais il cède et renonce à dominer la Grèce.

Tu sais comment, chargé des ordres du sénat,
Malgré tous mes avis, tantôt, avec éclat,
Il mettait à haut prix la paix de la Syrie;
Il se tait maintenant sur son ignominie,
Et me laisse le soin de finir un traité
A mes yeux satisfaits par sa honte acheté.

MANILIUS.

Sa honte, Acilius, rejaillit sur ta gloire;
Songes-y.

ACILIUS.

Que dis-tu? quand tu vois la victoire,
Pour la première fois échapper de mes mains;
Elle comble mes vœux en frappant les Romains.
Vaincu, je suis vainqueur d'un sénat qui m'outrage,
Puisque de Scipion ce revers est l'ouvrage.

MANILIUS.

Consul, tu n'offres plus, mais tu reçois la paix!

ACILIUS.

Père, j'y réunis mes plus chers intérêts.

MANILIUS.

Oui: tu peux par l'hymen illustrer ta famille.
Mais dois-tu te flatter de l'aveu de ta fille?

ACILIUS.

De l'éducation connais mieux le pouvoir.
Ma fille restera fidèle à son devoir.
La nature et nos lois uniront leur puissance....
Mais Tigrame paraît, et mon impatience
Enfin va, d'Annibal, connaître les desseins.

SCÈNE V.

LES PRÉCÉDENTS, TIGRAME.

TIGRAME.

Seigneur, qui l'eût pensé? l'ennemi des Romains,
Et tous ceux qu'a séduits son audace guerrière,
Du camp, depuis une heure, ont franchi la barrière.
Avide de vengeance, et cherchant les combats,
On croit que, vers Nabis, il dirige ses pas.
Mais la paix que ce jour va donner à la Grèce,
Dans Sparte, de Nabis consomme la détresse;
Et d'un prince si faible, Annibal aujourd'hui
Contre mon maître et vous recherche en vain l'appui.

ACILIUS.

J'admire ce guerrier, mais crains peu sa menace.
De cet avis, Seigneur, je dois vous rendre grâce.

SCÈNE VI.

LES PRÉCÉDENTS, ACILIE, SABINE.

ACILIE.

Mon père! se peut-il? ce jour tant redouté
Montre enfin le bonheur à mon œil enchanté!
Je vous serai rendue! et ces fers que j'abhorre!...

ACILIUS.

Je ne puis, jusqu'ici, rien affirmer encore.

Je me flatte, il est vrai, que ce moment heureux
Va nous rendre la paix, objet de tant de vœux.
Mais souvent c'est l'instant où la paix se prépare
Qui ranime la guerre et sa fureur barbare.
Modère ce transport, ma fille, et souviens-toi,
Quoi que Rome aujourd'hui puisse exiger de moi,
Qu'un cœur vraiment romain n'existe que pour elle.
Digne d'Acilius, sois-lui toujours fidèle.
Le Roi m'attend : adieu. J'ose embrasser l'espoir
Que tu chéris l'honneur, ton père et ton devoir.

(Il sort avec Manilius, Tigrame et les licteurs.)

SCÈNE VII.

ACILIE, SABINE.

ACILIE.

Quel accueil je reçois ! ô ma chère Sabine !
Qu'est-ce donc que mon père aujourd'hui me destine ?
Il semble redouter que ce cœur malheureux
N'échappe à son pouvoir et ne trompe ses vœux.
C'en est fait : tout espoir fuit loin de ma pensée,
Et le trouble renaît dans mon âme oppressée.

SABINE.

Que craignez-vous ?

ACILIE.

Hélas ! d'affreux pressentiments
Semblent me préparer à de nouveaux tourments.

SABINE.

Madame, ce sont là des erreurs populaires.
Surmontez-les; laissez à des âmes vulgaires
Ces vains pressentiments et ce trompeur effroi.

ACILIE.

Tu sais qu'à son retour, quand je quittai le Roi,
Nous courûmes chercher un repos nécessaire;
Mais le sommeil à peine eut fermé ta paupière,
Qu'un désordre confus, agitant mes esprits,
Fit naître cette horreur dont mes sens sont saisis.
J'ai veillé, ne songeant qu'au fatal hyménée
Auquel Antiochus me prétend destinée.
Peins-toi tous les tourments de cette affreuse nuit!

SABINE.

Oubliez-la : peut-être un jour serein la suit.
Il suffit d'un instant pour changer la fortune;
Rassurez-vous, chassez une crainte importune.

ACILIE.

Hélas! pour me calmer, que n'ai-je point tenté?
N'as-tu pas vu comment, avec avidité,
J'ai cru voir mon bonheur dans le retour d'un père
Qui, peut-être, aujourd'hui va combler ma misère.
A peine, avec le jour, un bruit sourd et confus
M'a dit qu'on attendait encore Acilius,
Qu'échappant aux terreurs de cette nuit horrible,
Et t'enviant peut-être un sommeil trop paisible,
Je t'ai conduite ici pour éclaircir mon sort.
J'y retrouve mon père; et son sévère abord,
Justifiant l'effroi dont je suis accablée,
Dissipe un vain espoir qui m'avait consolée.

SCÈNE VIII.

SABINE, ACILIE, TIGRAME, Prêtres, Gardes, Soldats qui accourent à la cérémonie.

(*Les Prêtres placent un autel qu'ils apportent, et y font brûler l'encens.*

TIGRAME.

Madame, jouissez d'un changement heureux
Qui brise vos liens et comble tous les vœux.
A la face des Dieux, mon maître et votre père
Vont sceller de leurs mains le repos de la terre.
Déjà le feu sacré qui brûle sur l'autel
Annonce la splendeur de ce jour solennel.
Prenez part au bonheur qui renaît pour la Grèce,
Et partagez enfin la publique allégresse....
Le Roi paraît.

ACILIE.

Hélas! en ce moment fatal,
Pourquoi mes yeux en vain cherchent-ils Annibal?

SCÈNE IX.

LES PRÉCÉDENTS, ANTIOCHUS, Gardes, ACILIUS, MANILIUS, Licteurs.

ANTIOCHUS.

Intrépides guerriers, l'honneur de la Syrie,
Tout est changé. Bellone appaise sa furie;
La paix termine enfin le cours de vos travaux;

Jouissez désormais des douceurs du repos.
Ministres révérés des maîtres du tonnerre,
Prêtres saints, consacrez le bonheur de la terre;
Recevez le serment que je fais en vos mains,
De défendre, en tout temps, de chérir les Romains.

ACILIUS.

Syriens, je promets, au nom de ma patrie,
De défendre à jamais l'empire de Syrie.
Rome, par mon serment, s'allie à votre Roi;
Je reçois sa promesse et lui donne ma foi....

(*Le Roi présente sa main au Consul qui lui donne la sienne.*)

SCÈNE X et dernière.

LES PRÉCÉDENTS, ANNIBAL.

ANNIBAL.

Ma présence, Seigneur, semble vous interdire!...
Poursuivez.... Annibal n'a plus rien à vous dire....
Envoyé par Nabis et ses braves soldats
Qui s'avancent vers vous, avides de combats,
Je vous venais, soigneux de votre renommée,
Porter, avec son vœu, le vœu de son armée:
Vœu sacré que ma bouche exprima tant de fois!
Mais j'arrive trop tard; et tout ce que je vois
Me dit assez l'accueil que cet ami fidèle
Doit attendre de vous, pour prix du plus beau zèle.

ANTIOCHUS.

Antiochus, Seigneur, s'applaudit de ces soins,

Qui vont, de son bonheur, vous rendre les témoins.
Nabis sera content. Ce traité qui vous blesse
Ne trompe ni vos vœux, ni l'espoir de la Grèce.

ANNIBAL.

Non, non : connaissez mieux Annibal et Nabis,
Et sans les outrager trahissez vos amis.
Honorez-vous ici de l'heureuse alliance
Qui d'un sénat perfide a payé l'arrogance :
Tandis qu'autour de vous, par mon bras abattus,
Déjà, de ces tyrans, les soldats ne sont plus ;
Tandis que, grâce enfin à ma fureur extrême,
Vous n'avez plus, Seigneur, d'ennemi que vous-même;
Donnez à l'univers le spectacle honteux
De Rome terrassée et maîtresse en ces lieux.
Pour moi, du sang romain la soif qui me tourmente,
Je l'ai juré, repousse une paix flétrissante;
Avant que de souscrire à ce pacte odieux,
Les sources de mon sang tariront à vos yeux.

ANTIOCHUS.

Vous oubliez, Seigneur, qu'ici je suis le maître !

ANNIBAL.

Annibal n'en a point.

ANTIOCHUS.

Vous osez méconnaître
Mes bontés, ma puissance, et braver mon courroux!
C'en est trop ! aux Romains je répondrai de vous.
Gardes !

ANNIBAL.

Vous employez les armes des perfides!

ANTIOCHUS.

Je prétends réprimer vos complots homicides.

ANNIBAL.

Votre pouvoir, Seigneur, ne va pas aussi loin.
De désarmer mon bras, quand vous prenez le soin,
Espérez-vous changer ce cœur inexorable?
L'exil, les fers, pour moi, n'ont rien de redoutable.
Sans trahir mes serments, je saurai tout souffrir,
Ne plus combattre Rome et toujours la haïr....
Continuez.... Témoin de votre ignominie,
Qu'elle me venge, au moins, de votre perfidie.
Que je puisse à loisir contempler un grand roi,
Qui, de Rome vainqueur, se range sous sa loi.

ANTIOCHUS.

Oui : contemplez la paix que je donne à la Grèce.
Je ne consulte plus enfin que ma sagesse....
Consul, les ennemis de Rome sont les miens.

ACILIUS.

Et les vôtres, Seigneur, vont devenir les siens....
Pour cimenter, ma fille, une telle alliance,
Ton père a dû compter sur ton obéissance.
Rome a parlé : ton sort n'est plus en mon pouvoir,
Et ton cœur n'est pas fait pour trahir ton devoir.

ACILIE.

Qu'entends-je ?.... et vous pourriez....

ANTIOCHUS.

A vos pieds prosternée,

Madame, la Syrie attend sa destinée
Du favorable hymen promis à mon ardeur.
Venez : l'autel est prêt. Confirmez mon bonheur.

ACILIE.

Il est donc résolu cet hymen si funeste !....
Et je pourrais former ces nœuds que je déteste !

(*A Antiochus.*)

Seigneur, par un aveu qui nous servait tous deux,
Si je n'ai pu calmer vos inutiles feux,
Je connais de l'amour jusqu'où va la puissance,
Et ne me plaindrai point de votre violence....

(*A Acilius.*)

Mais vous, mon père! vous, qui connaissiez mon cœur!
Deviez-vous jusque-là pousser votre rigueur?
Vous m'opposez en vain vos droits et la nature;
L'amour, plus fort que vous, me défend le parjure.
Si ce fatal amour offense mon pays,
L'immoler et me taire est tout ce que je puis.
Mais que j'aille à l'autel, méprisable victime,
En imposer aux Dieux! m'avilir par un crime!
Qu'un coupable serment aille engager ma foi,
Quand ce cœur malheureux, hélas! n'est plus à moi!
Vous l'espérez en vain; et la fière Acilie
N'aura point à rougir de cette perfidie.

ACILIUS.

Rougis, plutôt, rougis de ton indigne amour !
Malheureuse! veux-tu que Rome, à mon retour,
Oubliant à jamais ce que je fis pour elle,
Punisse sur ton père une fille rebelle?

ACILIE.

Laissez-la cette Rome et ses barbares lois
Qui blessent la nature et renversent ses droits.
De son joug odieux enfin je me dégage.

ACILIUS.

Qu'entends-je? Dieux puissants! quel coupable langage!
Obéissez : un père indigné, furieux....

ANTIOCHUS.

Cessez, Consul, cessez de contraindre ses vœux.

ACILIE.

Eh bien! soyez content... Le ciel impitoyable
Comble, par vous, l'horreur du destin qui m'accable!
J'obéis....

(*Aux prêtres.*)

De l'hymen allumez le flambeau.

(*Elle monte à l'autel.*)

Contemplez, Syriens, ce spectacle nouveau....
Dispose, Antiochus, de la main d'Acilie.
Rome parle!... il suffit; je te la sacrifie....
Mais juge ta victime, et connais ton rival.

ACILIUS.

Qu'oses-tu dire?

ANTIOCHUS.

Eh bien! quel est-il?

ACILIE.

Annibal.

ACILIUS.

O honte!

ANTIOCHUS.

O désespoir!

ANNIBAL.

Quel est donc cet outrage?

ACILIE.

Oui : mon cœur, tout entier au héros de Carthage,
Amoureux de sa gloire et fier d'un si beau choix,
Eût préféré son sort au sort des plus grands rois.
S'il a, jusqu'à ce jour, ignoré ma tendresse,
Il est venu l'instant, soit vertu, soit faiblesse,
De faire, aux yeux de tous, éclater mon ardeur.
J'aurais su renfermer ce secret dans mon cœur,
Sacrifier l'espoir qui m'avait entraînée,
Subir, sans murmurer, ma triste destinée,
Esclave enfin de Rome, et digne d'un héros,
Immoler aux Romains ma gloire et mon repos.
Mais, à trahir ma foi, lorsqu'on veut me contraindre,
Je dois parler sans crainte; il n'est plus temps de feindre.
Antiochus, mon cœur ne peut pas être à toi,
Et voilà comme il doit s'affranchir de ta loi.

(*Elle se poignarde et tombe sans vie.*)

ACILIUS.

Ma fille!

SABINE.

Dieux vengeurs!

ANTIOCHUS.

Jour à jamais horrible!...
Dérobez à mes yeux ce spectacle terrible...

(*Tigrame fait emporter le corps d'Acilie que Sabine suit en gémissant.*)

Cher et cruel objet de mes vœux confondus!
Je te perds! ô douleur! ô regrets superflus!...
Aux plus cruels remords mon âme s'abandonne....
Que tout ressente ici l'horreur qui m'environne.
Sois encore l'objet de mes ressentiments,
Rome! et vous, Dieux cruels! rendez-moi mes serments.
La guerre!.....

ANNIBAL.

A ce seul mot, Annibal se ranime!
Est-il bien vrai, Seigneur? votre cœur magnanime
Reprendrait des vertus seules dignes de vous!

ANTIOCHUS.

Cruel ami!... mon cœur percé de mille coups....

ANNIBAL.

Oui, je suis votre ami. Oui, Seigneur, mon courage
Accepte avec transport ce fortuné présage.
Que par vous les Romains, punis et renversés
Sous leurs temples en poudre et leurs toits embrasés,
Consolent l'univers qu'a lassé leur furie.
Annibal, à ce prix, vous consacre sa vie.

ANTIOCHUS.

De Rome, plus que vous, j'aspire à me venger,

Seigneur !

ANNIBAL.

Ah ! de quel poids je me sens soulager !

ANTIOCHUS.

Oui : la flamme à la main, au milieu des batailles,
Je saurai pénétrer jusque dans tes murailles,
Cité dont les hauteurs ont causé tous mes maux !
Ta chute marquera la fin de mes travaux.
Consul, porte aux Romains le déplorable reste
D'un objet qui nous fut à tous deux si funeste !
Plus de paix entre nous. Lassé de tant d'horreurs,
Que Rome, désormais, tremble de mes fureurs.

(*Le Consul sort.*)

Malheureux ! je succombe à mon sort déplorable !

ANNIBAL.

Partagez les transports de ma haine implacable,
Et cessant, désormais, de tromper mon espoir,
Que Rome, sur ses bords, enfin puisse me voir.

ANTIOCHUS.

A servir vos desseins je mets toute ma gloire.

ANNIBAL.

Eh bien ! je vous réponds déjà de la victoire.
Voulez-vous assurer la paix de l'univers ?
Seigneur, marchez à Rome, et Rome est dans les fers.

(*La toile tombe.*)

Fin du cinquième et dernier acte.

NOTES.

(1) *Page* 408.

Je ne dois pas taire que ce poëme a subi de notables changements depuis l'époque où feu S. A. S. Monseigneur le prince de Condé daigna en agréer la dédicace.

Dans sa forme première, j'avais conçu, en 1795, le dessein d'aller la faire jouer à Bruxelles; et déjà je me préparais à entreprendre ce voyage, lorsque j'appris que cette place venait d'être occupée par les républicains.

Rentré en France, je voulus essayer de la produire sur notre scène; mais les allusions à la révolution française y étaient trop directes, je cédai donc à la nécessité d'y retoucher.

Témoin, à Toulon, de la perfidie anglaise, j'imaginai de diriger mes allusions contre l'Angleterre; ce qui devait me coûter d'autant moins que, déjà, dans mes *Résultats possibles du* 18 *brumaire* (voyez mon épigraphe), j'avais manifesté mon sentiment sur la constante politique du cabinet de Londres : je me livrai à ce travail, et je reconnus que mon ouvrage, loin d'y avoir perdu, en avait acquis plus de vigueur et d'intérêt.

Il fut admis à la lecture au Théâtre-Français. Cette lecture, je la fis moi-même, ayant bien soin de ne pas laisser deviner le véritable but que j'avais eu en vue, et qui, en effet, me parut avoir échappé au comité.

Ma pièce fut refusée; car je ne puis nommer autrement les conseils qu'on me donna pour des changements ridicules, après lesquels on me fit espérer qu'elle serait acceptée sans difficulté.

Je la renfermai dans mon portefeuille, trop incapable du genre d'intrigue auquel doit se condamner, me dit-on, tout auteur dramatique qui veut sortir de son obscurité.

Aujourd'hui que mon Annibal va paraître au jour, puisque je reproduis l'épître dédicatoire qui l'aurait précédé s'il eût été imprimé il y a vingt-sept ans, peut-être aurais-je dû le présenter sous sa première forme ; mais, après avoir comparé mes deux compositions, j'y ai renoncé, la première ne pouvant avoir aujourd'hui le même intérêt qu'en 1794, et celui qu'il me semble qu'offre ma dernière version étant, au contraire, parfaitement en harmonie avec l'état actuel de l'Europe, et avec la contenance de l'Angleterre en présence de la Sainte-Alliance.

Je n'ai pas d'autre excuse ; je la présente naïvement à mes lecteurs.

(2) *Page* 409.

S. A R. Monseigneur le Régent de France, aujourd'hui Louis XVIII, glorieusement régnant, daigna m'honorer, à Véronne, en mai 1794, d'un diplome signé de sa main royale, ainsi conçu :

« Louis-Stanislas-Xavier, Fils de France, Oncle du Roi, Régent du Royaume, à ceux qui ces présentes verront, salut :

» Nous déclarons et attestons que M. de Fonvielle est de-
» meuré fidèle au Roi et à la monarchie. A ce titre, nous le re-
» commandons aux puissances de l'Europe chez lesquelles il sera
» dans le cas d'aller demander un asile. »

J'avais accompagné d'une copie de ce diplome l'envoi de mon Annibal à S. A. S. Monseigneur le Prince de Condé ; depuis lors, les bontés de ce prince, qui même, à sa rentrée en France, a daigné les étendre à toute ma famille, ne se sont pas démenties un seul instant. De là, le besoin d'en exprimer publiquement ma reconnaissance, en reproduisant l'épître dédicatoire que S. A. S. avait acceptée.

J'ai songé un moment à faire un autre choix, qui ne m'eût pas privé de faire éclater mon dévouement pour l'illustre maison de Condé; mais un obstacle, que j'ai dû respecter, m'a ramené à ma première idée.

(3) *Page* 409.

D'après le silence gardé par les journaux sur mes tragédies de LOUIS XVI, de DIOMÉDON et de THÉODEBERT, je dois peu espérer d'apprendre ce que penseront de mon ANNIBAL, ces flambeaux du monde littéraire.

Il en serait tout autrement, sans doute, si je n'avais pas résisté à la tentation que j'ai eue de leur donner une pâture de leur goût, en essayant de les mettre en gaîté, par une tragédie à la façon de maître André.

S'ils ont trouvé sans importance, pour leurs lecteurs (auxquels pourtant ils ont pris l'engagement de faire connaître tout ce qui se passe d'un peu remarquable en politique ou en littérature), que dans ce siècle des lumières, l'auteur d'un recueil dramatique, qui pourra contenir vingt pièces de théâtre, appelle au public du jugement des aréopages comiques qui n'y ont rien trouvé de digne de la scène française; peut-être en auraient-ils pensé autrement si ce jugement leur avait paru mériter d'être confirmé en tout point par le tribunal suprême appelé à le réviser.

On sait ce que les journalistes eux-mêmes appellent *leurs bonnes fortunes*. Or, quoi de plus piquant pour eux, quoi de plus propre à exciter leur verve critique, qu'un poëme tel que celui du Tremblement de terre de Lisbonne, produit au jour sérieusement et avec toute l'apparence, chez son auteur, de la persuasion où il est qu'il offre au public un chef-d'œuvre plus ou moins grotesque? Des caricatures de ce genre ne nous ont pas manqué depuis vingt ans... J'en pourrais citer quelques-unes qui ont reçu l'enluminure de ces *succès d'estime* si commodes pour l'amour-propre de l'adroite médiocrité que rehaussent un peu d'intrigue et les savantes manœuvres de l'officieuse coterie à laquelle elle a eu la sagesse d'associer son sort. Mais, honni soit qui mal y pense! que messieurs tels et tels jouissent en paix de leur burlesque renommée; ce n'est pas moi qui songerai à les troubler. Il me suffit de faire remarquer à mes lecteurs le mutisme affecté des journaux en ce qui concerne le recueil que je mets en lumière. S'ils essayent de s'en rendre raison, il n'est pas impossible que, prenant à leurs yeux la couleur d'un éloge, ce *silence parlant* tourne à mon avantage, et que, tôt ou tard, mon recueil aie aussi son *succès d'estime*. Quelque peu éclatant qu'il soit, j'attache moi-même trop peu de prix à mes compositions, si ce n'est sous l'unique rapport de leur utilité politique, pour ne pas savoir m'en contenter.

FIN DES NOTES.

TABLE

DES PIÈCES CONTENUES DANS CE Ier. VOLUME.

Fin de la Table du premier Volume.